だいわ文庫

おでかけアンソロジー
ひとり旅
いつもの私を、少し離れて

阿川佐和子 他

大和書房

おでかけアンソロジー

ひとり旅　いつもの私を、少し離れて

目次

行動数値の定量

角田光代

かくた・みつよ
1967年神奈川生まれ。小説家。『まどろむ夜のUFO』で野間文芸新人賞、『空中庭園』で婦人公論文芸賞、『対岸の彼女』で直木賞、『八日目の蟬』で中央公論文芸賞、『かなたの子』で泉鏡花文学賞受賞。その他おもな著作に『幸福な遊戯』『世界中で迷子になって』など。

人には一生ぶんに与えられた定量というものがあるのではないかと、思うことがある。たとえばそれは運の定量である。これはときおり言われることではある。手持ちの運を無駄にしないために、けっしてギャンブルをやらないという人もいる。何かがすでに、決められた量だけ与えられていて、一生かかって人はそれを使っていく、という考えかた。

恋愛の定量、諍《いさか》いの定量、我慢の、苦楽の、馬鹿笑いの、そんなふうに考えたらきりがないし、正解はだれも教えてくれない。しかし私はそういう考えかたがそんなに嫌いではない。

こどものころの私は本当に泣かなくて、親さえもがその泣かなさ加減に驚いていたのだが、現在の私は十五秒のコマーシャルを見ていて泣くことがあるくらいよく泣く。友達に映画のストーリーを聞いていても、それがいい話だと泣くし、自分でだれかの小説のあらすじを説明していても泣けてくることがある。涙にも定量があるのではないか、と私は思う。幼いころ使わなかった涙腺を今現在使っているのではないか、と。

最近は、人の持つ「行動力」にも定量があるのではないか、といぶかしんでいる。

旅といえばたいがいひとりである。これはもう慣れっこだ。ひとり旅が好きだ、という以前に、私とまったく同じスケジュールを組める友達なり知人なりがいないのである。会社勤めをしている友達に一ヵ月の休みをとることは不可能だし、たとえ同業者であっても二週間が限度であり、よっぽどはっきりした目的がなくては、同じ場所へあるまとまった期間いくことは不可能なのではないかと思う。だからだいたい、どこかへいこうと思い立つときはひとりであることが前提になる。

来週からどこそこへいってくる、と友達に告げると、一部の友達をのぞいて、たいがい、本当にあなたは行動力があるねえ、と言ってくれる。私はそれを否定しない。あいまいに笑う。

旅先でも言われる。ひとり旅だと言うと、食堂の店主もゲスト・ハウスのオーナーも、カップルで旅をしている欧米人にも言われる。勇敢だねえ、行動力があるねえ、と言われて、それも私は否定しない。あいまいに笑う。自分がひどく行動力のある、勇敢な女である気がしてくる。

しかし、何をもって行動的であるというのか、そのたびに私は首をかしげ、彼らの価値基準や平均値や、それからその人の持つ行動力の「定量」について考えてしまうわけである。

たとえば、屋台で隣り合った欧米人のカップルが、私がひとり旅であるというのを聞いて、勇敢だねえ、行動的だねえと感嘆するわけだが、彼らの話を聞いてみると、バンコクのカオサン通りで買った百円ほどのビーチサンダルのまま、果てしなくロック・クライミングに近い山登りをしていたりする。もしくは、三年くらい平気で故郷に帰らず、二人であっちこっち旅してまわっていたりするのである。それが、皮肉でもなんでもなく、ひとりなんて偉いわねえ、さびしくならない？　などと真顔で訊いてくるわけで、私にしたら、何か根本的な価値観がひどくねじれているような気がしてならない。

それからまた、ひとり旅なんて冗談じゃない、あなたはよっぽど行動力があるのだ、と深く感心してくれる私の友人の幾人かについても、疑問に思うことがある。

たとえばある友人（女）は、仕事帰りにひとりで吉野屋にいって、むさ苦しい男たちで混んでいようがなんだろうが涼しい顔で席に座り、牛丼を食べず、ビールとお新香だけ食べて出てこられるのである。あるいは、これまたべつの友人（ふたたび女）はやはりそうして焼き肉屋に入り、グループ席でたったひとりタンだのカルビだのミノだの焼いて、ジョッキのビールをぐびぐび飲んで店をあとにする。

こうした行為は私にしてみればとんでもない勇敢さである。ひとりで店に入る。牛丼屋で牛丼を頼まない。ひとりで肉を焼く。これを行動力と言わずしてなんと言うのか。

途中で切符をなくしたからと言って、ぴんぽんぴんぽんと鳴り続ける自動改札を強行突破して出てくる人もいるし、練習場所がないからといって町なかの駐車場の、柱の一本にゴールの絵を描いてバスケの練習をしている人もいる（ちなみに即刻バスケ禁止の貼り紙を貼られていた、でも彼はめげずに続ける）、とにかく、そんな彼らは、私から見たら異様な行動力の人々である。

これら友人たちのなかで「行動力がある」と言われる頻度のもっとも多い私はといえば、ひとりで旅に出る以外、ほとんどのことをやらない。やらないと言うべきなのか、できないと言うべきなのか、自分でも迷うところではある。やらないと言ってしまえば自堕落なようだし、できないと言えば軟弱みたいである。どちらにしても、行動に移すパワーがことごとく欠如していることは確かだ。

こういう女性は多いが、私もまた一人で飲食店に入らない。一人で映画を観にいかない。コンサートやライブのチケットをみずから買ったことがない。買いかたがわからない。どう調べていいのかわからないから調べもしない。興味のある絵画展やイベントがあってもそこへのいきかたがわからなければいかない。時刻表が読めない。読もうとしたことはあるが、暗号が書かれているとしか思えない。東京に長く住んでいるが乗り換えがわからない。路線図だの時刻表だの理解できないものを理解しようとつとめて眺めていると胃がきりきりしてくる。ビデオ屋もみずから会員にはならない。なぜなら私には目当てのビデオを捜すことができない。監督別、役者別、あいうえお順、入り混じっていて文字を目で追っているとこれまた胃がきりきりしてくる。

そうすると、行動が非常に狭まってくる。決まりきった場所しか移動せず、決まりきったことしかしなくなる。

電球が切れかけていても取り替える術がわからなければそのまま放置し、ワインのコルクにオープナーを突き刺したものの抜けなければそのまま見なかったことにして台所の隅に隠すようなことを続けて、日々暮らしているわけである。

ここで私は、行動力というものの定量について立ち戻って考えたい。

冒険家とか探検家とか、そういった職業の人はのぞいて、私たちのような一般市民の持ちえる行動力はおそらく定量が決まっていて、しかも、みんな似たり寄ったりなのではないか。それを私たちは、日々貯めたり使ったりまとめ出ししたりして暮らしているのではないか。見知らぬ国の飛行場から見知らぬ町へ向かうバスになんの躊躇もなく乗れる私は、一生涯にけっして、ひとりで吉野屋にいきビールとお新香だけ頼むことはないであろう。ひとりでタンやミノを焼きビールを飲み干す女友達もけっして、異国の屋台で隣の席の客が食べている、得体の知れない料理を指差して注文することはないだろう。どちらも同じ行動力であり、同じ勇敢さに違いない。

そんなことを考えると私はほっとする。私が日々ささいな困難にぶちあたり、そのほとんどの解決をあきらめて、見なかったことにしたり知らなかったことにしたりして、おのれの行動範囲をどんどん狭めていくのは、数人の友達が言うようにけっして自堕落なのでもなければ、小心なのでもなく、面倒くさがりでもなく、ひとりで旅をするための行動力を温存しているのだろう、うん、きっとそうなのだろう。

僕の好きな鞄《かばん》

村上春樹

むらかみ・はるき
1949年京都生まれ。小説家、翻訳家。『風の歌を聴け』でデビュー。87年『ノルウェイの森』がベストセラーに。その他のおもな著作に『海辺のカフカ』『1Q84』『騎士団長殺し』『街とその不確かな壁』など。

僕はかなり旅慣れた人間だと思うんだけど、それでも旅行にぴったり適した鞄を選ぶのは、そのたびにむずかしい作業になる。

旅行鞄にとっていちばん問題になるのは、まったく同じ内容・目的の旅行がまずない、ということですね。仕事の旅行か遊びの旅行か、国内か国外か、長期滞在か短期滞在か、二人連れか一人旅か、移動は多いか少ないか、パソコンを持っていくかいかないか、上着とネクタイは必要か？　それぞれのケースで荷物の内容は違ってくるし、となると、それを入れていく鞄も当然違ってくる。

　どんな荷物だってちゃんと過不足なく入ります。安心してまかせてください——というような親切な鞄がそのへんにあればいいんだけど、そんなものがあるわけはない。話せば長くなるけれど、旅行鞄に関しては、僕の人生はまさに試行錯誤の連続だった。まあ女の人のことで試行錯誤を続けるのに比べたら、ずっとラクだし、お金もかからないんだけどね。

　僕の体験からすると、鞄というのは、目的や内容にあわせて、それにきちっと適したものを買おうとしても、あまり良い結果は出ないみたいだ。それよりはむしろ、何かのついでに思いつきで買ったり、切羽詰まって適当に買ったりしたものの方が、あとあと意外に重宝する。

　僕が長年、旅行によく使っているのは、カウアイ島のハナレイで買った、サーファー用のビニールバッグ。なんていうことのない安いバッグで、間に合わせに買ったんだけど、使ってみると意外に便利で、軽くて丈夫なので、しょっちゅう持ち歩いている。鞄というのは、ちょっとしたサイズや材質の違いで、便利になったり不便になったりする。こればかりは実際に使ってみないとわからない。

アメリカ、メイン州の小さな港町で買った、ヨットの帆で作ったラケット・ケースも、もう十五年くらいタフに使っている。もともとスカッシュ・ラケットを持ち運ぶために買ったんだけど、なにしろ丈夫で、大きさが機内持ち込み用バッグに最適だ。これも安かった。さすがにかなりすり切れてきたけど。

もうひとつ、ローマで衝動買いしたおしゃれな革のショルダー・バッグ。これはとくに便利というのではないけれど、シンプルで、デザインが良い。国内の一泊旅行なんかに向いている。ポーターによく「素敵なバッグですね」と言われる。決して安くはなかったが、二十年以上は使っているから、元は取ったと思う。

僕はどちらかというと、最近流行のキャスターつきの小型スーツケースはあまり好きではない。重いし、がらがらとうるさい。舗装のないところでは役に立たないし、故障も多い。それよりは自分の力で持ち運べる、ストラップつきのシンプルなバッグが好きだ。旅行を数多くしていると、そこにはいくつかの哲学が生まれてくるものだが、僕にとっては「便利なものは、必ずどこかで不便になる」というのもそのうちのひとつだ。だから旅行に持っていくものは、単純であればあるほど良い。

この原稿を書いている今も、ジュネーブ行きの荷造りをしている。今回はオスロの卓球専門店で買ったスポーツバッグを持っていきます。

アジアは汽車がいい

池澤夏樹

いけざわ・なつき
1945年北海道生まれ。84年『夏の朝の成層圏』で作家デビュー。おもな著作に芥川賞を受賞した『スティル・ライフ』『母なる自然のおっぱい』『また会う日まで』『天はあおあお　野はひろびろ』など。2007年、紫綬褒章受章。

数年前に、タイの田舎からバンコクまで汽車で戻ったことがあった。座席は二人ずつが向き合う普通の形だから、見知らぬ四人が一組になって長い時間を一緒に過ごすことになる。この時の旅仲間は三人の少女たちだった。若くて元気だから七時間ずっと喋《しゃべ》りづめ。内容がわかればうるさいと思ったかもしれないのだが、ぼくはタイ語を知らないからまるで小鳥たちの囀《さえず》りを聞いているようなものだ。時おり下手な英語で話しかけてくるから、こちらの仕事や日本のことを話す。しばらくすると飽きるのか、また自分たちの会話の中に戻ってゆく。

タイの汽車は車内販売がなかなか盛んで、これが楽しい。串《くし》にさした小さな焼き肉ともち米のお握りのセットは要するに世界最小の焼き肉定食である。その他に夕マリンドの実の砂糖漬けとか、飲み物とかを次々に売りにくる。タイの人は一度にたくさんものを食べず、少しずつ何度にも分けて食べる。その習慣に合った売りかたを汽車の中でもしているのだ。少女たちはそれを一つ残らず買う。一人が四人分を受け取って、「はい、はい、はい」と配る。つまりぼくの分もあるのだ。お礼を言って食べる。おかげでずいぶんいろいろな味を知ることができた。せめて一度はぼくが払おうと言ったのだが、ケラケラ笑って一蹴《いっしゅう》された。三対一ではかなわない。洪水で遅れた汽車は夜も遅くなってバンコクに着き、彼女たちは手を振って別れていった。こういうことがあるから汽車はいい。

二十年以上前にインドに行った時、やはり汽車に乗った。ボンベイからハイデラバードまでの郵便急行の切符をずいぶん苦労して買った。出発は夜の十時とのこと。夕食を終えて、荷物をもって宿を出て、ヴィクトリア駅に向かう。ところが道が込んでいて駅に着くのが九時五十分になってしまった。相当に焦《あせ》る。プラットホームに入るとこれが一面の人々々々。暗いところをびっしりと人と荷物が埋めつくしている。列車は入線して乗客はもう乗っているのに、それでもホームにたくさん人がいる。

この時はなぜか鷹揚《おうよう》に一等車の席を予約した（バックパックではなく鞄《かばん》だったから、それに合わせたのだろうか）。ホームの入り口に列車の編成表が貼《は》ってあった。乗るべき車輛は一番前らしい。鞄を持って人をかきわけ、他人の荷物を踏み越えながら長い長いホームを走る。時計を見ると九時五十五分。ようやく先頭に着いた。一等車があって、入り口に予約者の名を書いた紙が貼ってある。しかし、ぼくの名はない。もう十時だ。うかうかすると汽車は走り出してしまう。三等車でもいいからともかく乗ってしまおうかと考えた時、親切そうな男が声をかけてくれた。インドは英語が通用するからありがたい。事情を話して切符を見せると、「ああ、この車輛はいちばん後ろだ」という。

「ありがとう」と言ってまた走った。日本以外の国では発車のベルなどないところが多い。いきなり動きだすかもしれないから、その時は飛び乗ろうと思いながら必死で走った。十時三分、ようやくの思いでホームの後端に到着。たしかにそこに一輛の半分だけ一等、残りは郵便車という変則的な客車がついている。入り口のところに紙が貼ってあって、ありがたや、ぼくの名もある。乗って、坐《すわ》って、肩で息をしながら時計を見ると、十時五分。

実際に汽車が走りだしたのは十時四十分だった。要するにぼくの頭の中がまだ日本だったのだ。

旅先で開く本

木内昇

きうち・のぼり
1967年東京生まれ。小説家。出版社勤務を経てインタビュー誌『Spotting』を主宰。雑誌などでの執筆・編集を続けるかたわら『新選組　幕末の青嵐』にて小説家デビュー。おもな著作に『剛心』『かたばみ』『惣十郎浮世始末』など。

所変えても、おなじみのチェーン店や大型量販店がすぐに立ち現れる昨今、旅によって煩わしい日常からすっかり解放されることはなかなか難しくなった。ならばと風情ある旅館に逃げ込んだところで「そういえば今日、あのドラマやってたっけ」とTVのリモコンを手にすれば、そこはたちまちいつものお茶の間、日常へのとんぼ返りと相成る。それよりも、せっかくの静かな夜、本の世界に紛れてしまうというのはどうだろう。できれば虚実の境も曖昧な世界に。

松浦寿輝『半島』は、まさにそうした不思議な時空をはらんだ小説である。「迫村」なる中年の男が半島とも島ともつかぬS市を訪れることから物語ははじまる。大学教授の職を辞したばかりの彼は宿に長逗留《ながとうりゅう》し、町の人々と少しずつ付き合うようになる。とはいえ人情話めいた展開とは真逆。彼が出会う人々はみな不可解でどこか得体が知れず、迫村と関係を持つ樹芬《シューフェン》という女まで存在感がひどく透明なのだ。それら不確かなものに翻弄される迫村の姿を追ううち、もしかするとここにある人や物、そしてS市までもが彼の見た幻影なのではないか、という奇妙な思いに囚われる。筆者のあとがきに「現実の地名が出てこない『半島』は、いわば中年という人生の一時期をめぐる一種の寓話《ぐうわ》のようなものであるかもしれない」とあるのだが、確かに、ひたすら前を見て歩き続けた足をふと止めたとき、自分の居る場所を自分も含めて客観的に眺めた景色が、この『半島』であるようにも思えてくる。いつしか迫村が、自分そのもののように錯覚する。

旅の非日常性はこんなふうに、日頃忙しさを理由に見ないことにしているものを、つまびらかにすることがある。志賀直哉『城《き》の崎《さき》にて』は、怪我療養のため但馬の城崎温泉で過ごした日々を描いた掌編だ。

「一人きりで誰も話相手はない。読むか書くか、ぼんやりと部屋の前の椅子《いす》に腰かけて山だの往来だのを見ているか、それでなければ散歩で暮していた」

　大怪我をした後だからだろう、彼は湯治場で常に生死について思いを巡らせる。といっても変に哲学的な突き詰め方はしない。蜂《はち》やイモリを眺めつつ、淡々と深遠な真理に向き合い、三週間後にひとつの答えらしき感覚を得て城崎温泉を去る――それだけの話なのだが、旅の以前と以後とで大きく変わった彼の精神的立ち位置に、胸を突かれるような気がするのだ。

　ちなみに、同じく志賀直哉に『真鶴』という掌編があり、こちらは法界節《ほうかいぶし》（明治の頃の流行唄）の月琴弾きの女の美しさに惹かれた少年が、彼女の影を追いながら弟を背負って家のある真鶴まで帰るというささやかな物語。だが、「沖へ沖へ低く延びている三浦半島が遠く薄暮の中に光った水平線から宙へ浮んで見られた」というような風景描写に、少年の見ている幻影が重なると、どこか幽玄の気配を醸し出すから不思議である。夏目漱石『夢十夜』しかり、内田百閒『冥途《めいど》』しかり。現実の傍らでは日々あらゆる幻想が生まれ、それによって風景は彩られていくのだろう。

目的ややるべきことに埋め尽くされている「現実」や「日常」という名の行脚《あんぎゃ》からしばしの間隠れることを「旅」と呼ぶならば、そこに目的や計画は必要なく、ただ、自分自身に立ち戻る空間と時間があれば十分なのだ。そういえば内田百閒は『阿房《あほう》列車』の中でこんなふうに書いていた。

「用事がなければどこへも行ってはいけないと云ふわけはない。なんにも用事がないけれど、汽車に乗って大阪へ行って来ようと思ふ」

鹿児島、東北、新潟と、百閒先生の旅はまったく気まま。車中ではまずビール、気の向くところで降りてひとっ風呂浴び、好きな菓子を買いに走る。ああ、なんとも楽しそう。これを読むだに迷わず旅に出たくなる。しかも先生、金に困っているわりには旅ではずいぶん贅沢をする。その理由がふるっている。

「用事がないのに出かけるのだから、三等や二等には乗りたくない。汽車の中では一等が一番いい」

百閒の、やけに堂々とした自由な旅に触れるうち、日常だって必ずしも一方通行の線路でなくてもいいかもしれない、たまには旅のように自分らしくさすらってみても、なんて思いが浮かんでくる。

くつろげる旅館の一室、グイッと背伸びをしつつ本を閉じたとき、旅以前には見ることのできなかった光景が、霧の中からふわりと浮かび上がってくる……かもしれない。

旅情・旅情・旅情

井上靖

いのうえ・やすし
1907年北海道生まれ。小説家。新聞社を経て作家活動に。多くの歴史小説を残した。おもな著作に『あすなろ物語』『しろばんば』『おろしや国酔夢譚』など。76年文化勲章受章。1991年没。

　ここ十年ほど、毎年のように一カ月ないし二カ月を外国旅行にさいている。旅へ出る前と旅から帰ったあとそれぞれ一カ月ほど忙しく過ごさねばならぬが、そのかわり旅へ出ている間は全く仕事からも家庭の雑事からも解放されている。羽田を飛び立つ瞬間から私は小説家でも家庭人でもなくなる。旅行者である。旅行者としての私の周囲を、それまでとは全く異なった時間が流れだす。さあ、いよいよこれから旅行だというほっとした思いの中には、多少無責任な、あなた任せの楽しさもある。平生飛行機にはあまり乗らないが、外国旅行の場合はそういうわけにはゆかぬ。終始飛行機の厄介にならねばならぬ。自分の生命は飛行機に預ける。あなた任せである。仕事の方も同じである。自分の作品について、いかなる問題が起ころうと、もはやいかなる術《て》の打ちようもない。原稿がなくなろうが、間違いが発見されようが、当事者である自分は大空に飛び立ってしまったのである。家庭内の事もまた同じである。すべてあなた任せである。

人間というものはめったに自分を責任のない立場に置くことはできないが、ただ一つ外国旅行の場合は例外である。好むと好まないにかかわらず、責任という荷物を肩からおろし、あなた任せにせざるを得ないのである。それまでとは全く異なった時間が自分の周囲を流れだすゆえんである。しかし、これは外国旅行に限ったことではない。国内旅行の場合も同じである。遠近の差こそあれ、それまで自分を縛っていたものから脱け出した解放感というものが、旅する者の心の一番底にすわっている。恐らく旅情というものはこの解放感と無関係ではないだろう。

旅に出て、人は初めて眺め、感じ、考える立場に立つことができる。私なども東京の生活の中にある限り、容易なことでは眺め、感じ、考える立場に立つことはできない。作家である以上、そうしたことが本来の仕事であるはずであるが、なかなかそれができない。羽田から飛行機に乗った瞬間から、東京駅あるいは上野駅から列車に乗った瞬間から、不思議なことだが、眺めたり、感じたり、考えたりし始める。旅行者の立場に自分を置くことによって、決まりきった生活から自分を解放することによって、五感はそれ本来の機能を取り戻してくるかのようである。旅というものはいいものである。

旅の贈りものの中で最大なものは旅情である。未知の風景の中を横切ったり、知らないものを見たりすることだけが旅の目的だったら、旅というものはたいしたものではない。金と時間を費やして、わざわざ旅に出る必要はないだろう。旅をする以上旅情を十分味わうことのできる旅でなければなるまい。旅情とはその字の如く旅の思いである。しみじみと旅に出たという思いを持たぬような旅ならたいした旅とは言えないだろう。

が、この旅情なるものがなかなか厄介である。遠いところに旅したからといって、旅情を味わえるわけのものでもない。早い話が、北極に旅行しようと、太平洋上の孤島に旅行しようと、旅情を味わえると請け合うことはできない。いくら人跡未踏の地に行っても、人情風俗の全く異なるところへ行っても、珍しいところに来たといった驚きこそあれ、それをそのまま旅情とは言えないだろうと思う。

それなら一体旅情とは何だろう。私は旅情というものは、私たちが旅において、異なった土地の風物に接して、人生を感じ、人生を考えさせられた時初めて生起してくる旅独特の思いであると思う。ただ遠いところへ来たというだけでは旅情は生まれない。遥けくも来つるものかなという旅の思いは、遠隔感だけからは生まれてこない。どこかで人生的な思いと結びついていなければならない。

ただ厄介なことは、旅情は求めて得られるものではないということである。こちらで摑みとるものでなく、向こうからやってくるものである。人が自分で作りだすものではなく、自然に生まれてくるものである。だからこそ旅は面白いのである。気まぐれな神さまが、それを思い出したように、時折り旅行者に与えてくださるのである。

私の場合、初めて旅情というものを感じたのは六、七歳ごろのことである。旅を意識するような年齢ではないから、これは突然神さまが幼い私に授け給うたものである。

そのころ私は家族と離れて、郷里伊豆の山村に祖母と二人で住んでいたが、ある時祖母に連れられて、沼津に一泊旅行をしたことがあった。今日では郷里と沼津の間は自動車で一時間ほどの距離であるが、大正の初めのころは、日帰りのできぬ行程であった。郷里の村から馬車に三、四時間揺られて大仁《おおひと》に出、それから私鉄で三島駅に運ばれ、そこで東海道線に乗り換えなければならぬ。そのころの私には沼津は遠い異国の町であった。

私と祖母はその晩沼津の駅前の旅館に泊まったが、私は都会に出た興奮で夜遅くまで眠れず、やっと眠りにはいっても何回も目覚めた。目覚める度に枕もとで汽車の汽笛と蒸気を吐く音が聞こえてき、全く私を異国に在る思いに浸した。旅情という現像液にすっぽりとつけられてしまったようなものである。深夜床から起き出して、窓から覗くと、人影の絶えた駅前の広場が大きな口を開けていた。深夜ではあるが暗くはなく、いかにも駅がひと晩中眠らないで汽車を操作しているように感じられた。これが私が持った最初の旅情である。今でもその夜の思いを忘れないでいるのであるから、幼年の私にとってはその沼津の夜の印象はよほど強いものだったに違いない。

それから小学校の二年の時、やはり祖母と共に両親の住んでいる父の任地である豊橋へ行ったことがあるが、この時の旅情も今日まで消えない強さで心に刻みつけられている。豊橋の駅に着いたのは夕刻で、私は祖母と二人で人力車に乗り、青白いガス灯の点《とも》っている街路を通って行ったが、その時の初めて自分が足を踏み入れた町の持つ灯ともしごろの何ともいえぬ物悲しいたたずまいは、現在でも忘れることのできないものである。私には今でも初めての町の夕暮れ時というものはなべて寂しいものに感じられるが、それは少年時に豊橋という町から受けた印象が少なからず作用しているように思われる。

中学の四年生の時、私は夏休みを利用して父の任地である台北へ旅行したことがある。この旅は、私にとっては初めての旅と言える旅であったが、この旅で最も強く旅情を感じたのは乗船時の神戸の波止場の印象であった。私は香港丸という汽船の甲板で神戸の波止場を眺め、人の世の離合集散とか、哀別離苦とか、そういった種類の感慨に胸を掻きむしられたものである。航海中の思い出も、台北という町の印象も、今ははっきりした形では持っていないが、香港丸の甲板から見た神戸港の表情だけは、パリの印象派美術館に並んでいる風景画の一つではないかと思うくらい生き生きしたタッチで私の心に鮮明に描かれている。

金沢の高等学校時代には、何回か米原駅から北陸線に乗ったが、一度雪のちらちらしている日にぶつかったことがあった。私はマントに身を包み寒さに震えながら、ずっと窓外の雪景色に見入っていた。鯖江《さばえ》駅を過ぎ、次は大土呂《おおどろ》駅という時になって、私はまっ白く雪に覆われた田圃の一隅に、一人の農夫が田を鋤《す》いているのを見た。私にはこの時のただこれだけの情景が、北国の自然とそこに生きる人間とが結びついて強い感動で迫ってきた。

大土呂と鯖江の間《あい》の雪の原に人ひとりあり田を鋤きており

私はこの時初めて自分の思いを短歌の形に綴ってみたのである。歌としてははなはだ単純素朴で体を成していないが、今でも私がこの歌を覚えているのは、歌にはどうしても盛りきれぬ強烈なものが、この歌と一緒に蘇ってき、それが逆にこの歌を忘れさせない作用をしているからである。私は厳粛でもあり、敬虔でもあり、宗教的でもある一枚の風景画に魂を摑みとられた格好であった。これが北国三年間の生活において私の持った最も強烈な旅情と言えるものであった。

こうした何事にも感動しやすい鋭敏な共鳴板を持っていた青春時代に、たくさん旅をしていたら、私は旅からいろいろなものを貰っていたに違いないと思うのであるが、残念ながら、この時期に私は旅らしい旅をしていない。余分の金もなかったが、しかし旅費ぐらい、いくらでも捻出できたはずである。金の問題ではなくて、私は旅をしたいと思わなかったのである。北国の暗鬱な空の下に生きることで、南国で育った私は十分堪能していたのである。旅といえば、せいぜい春休みか夏休みに、郷里に帰省することぐらいのことで、あとは、どこにも行っていない。

が、これは高校時代だけのことでなく、大学時代もまた同じである。大学は初め福岡の九州大学の法文学部にはいり、それから京都大学の文学部にはいり直したが、ひとの倍かかった長い大学生活の間にも旅行らしい旅行はしていない。旅行はしないくせに、旅行記の面白さには取り憑《つ》かれ、旅行記を手当たり次第読んだのはこの時期である。作家になって西域を舞台にした小説を書いたり、中央アジアに旅行したりしているが、こうしたことになったのは大学時代に読んだ旅行記が大きく物を言っている。

　大学を出て大阪の新聞社にはいった年に召集令状を受けとった。そして一兵卒として輸送船で大陸へ運ばれたが、この兵隊の旅では何回か旅情を味わっている。もちろん戦争に行ったのであって、行軍行軍の毎日であったが、その行軍の中にやはり旅情と言っていいようなものに何回か見舞われている。

　北支の永定河を越える時、私は落日で赤くなっている川波を世にも美しいものとして眺めた。何日か続いた強行軍の果てで、足を一歩一歩運ぶのがやっとの状態であったが、私はこれが今までの人生で見た一番美しいものだと実際に思い、そしてそのことを自分に言いきかせながら足を運んだものである。永定河という川を渡ることではるばると遠くに来たといった思いもあったし、そこを次々と毎日のように兵団が越えて行き、越えて行った者のすべての者が帰れるものでないといった思いもあって、その落日を映した川波のゆらめきは、私には世にも妖しく美しいものに思われたのである。

外国旅行では、全く未知の人情風俗の異なった土地土地を経廻るので、旅情というものにはふんだんに恵まれそうに思われるが、必ずしもそうしたものでもなさそうである。人間というものはよくしたもので、どんなところへ行っても、あっという間にその土地土地の風光にも、人情風俗にも慣れてしまい、異国情緒といったものは感ずるが、旅情という現像液の中にすっぽりと身をつけてしまうようなことは算えるほどしかない。

ローマ・オリンピックの時、ローマに一カ月半滞在したが、ローマにおいて初めて旅情を感じたのはオリンピックの閉会式が行なわれた夜である。観光客はすでに次々と引き揚げて行きつつあり、急に閑散としたローマ市内には、それまで気付かなかったが、冷たい秋の夜気が立ちこめていた。オリンピックの閉会式が終わると、間もなく街は烈しい雷雨に見舞われ、それがあがると、どこかに小さい火事があって、消防自動車のサイレンがあちこちでやかましく聞こえた。

私はその夜、新聞社の友だちと雨があがった町を歩いたが、その時初めてここはローマであり、ローマ以外のどこでもないと思った。そして自分はいまローマの秋の夜を歩いていると思った。一カ月半ローマで暮らしたのに、私はその夜初めてローマを感じたのである。大きな祭典が終わったあと、私にとっては、初めてローマはローマになったのであった。しかし、その翌日になると、もとの木阿弥《もくあみ》、ローマはまたローマでなくなってしまった。むずかしいものである。旅情という贈りものを、神はひと晩だけ私に恵んで下さったのである。

西トルキスタンのサマルカンド、ブハラといった古い沙漠の都邑《とゆう》は、私が若い時から憧憬に似た思いを持ち続けていたところであるが、いざその地を踏んでみると、期待が大き過ぎたせいか、待望の地を漸くにして踏んだという思いはなかった。目に映るものすべてが珍しくはあったが、もしこういう街々に旅情を感じたとすれば、ロシアの旅から帰って東京の自分の家の、自分の書斎に落ち着いた時である。書斎の窓からは花壇が見え、花壇にはバラの花が咲き乱れていた。花壇は何となく廃園の感じで、いかにも主が留守をしている間に荒れたという、そんな感じであった。

その時、私はわが家の花壇のバラの花から、サマルカンドやブハラの街々に咲き盛っていた丈高いバラの花を思い出し、一瞬しんとした思いに打たれた。サマルカンドやブハラの沙漠の街々がこの時あざやかに思い出されてきたのである。いまも雑多な血を持った人々が蜂の巣をついたように街中に溢れ、古い遺跡の壊れかかった石の建物が強烈な陽光を浴びているだろうと思った。私は東京へ帰ってから初めて、サマルカンドにも、ブハラにも、旅情を感じたのである。太古以来興亡を繰り返してきた沙漠の街々の淋しさが、遠く離れて初めてぴったりと寄り添ってきた思いであった。旅情というものは気むずかしいものである。

中国の旅で旅情を感じたのは揚州の町で、夕方運河の岸に立った時である。揚州は往古黄河と揚子江をつなぐ大運河に沿っていた町で、現在は大運河はなくなっているが、揚州の町にはその運河の切れっぱしが方々に残っている。運河と言っても、現在は人工的なものはすっかり失くなって自然の川になりきっているが、その川の一つの岸に立った時、私はひしひしと旅情の迫って来るのを感じた。大体において川明りというものは淋しいものであるが、その時私はそれがかつて人工の川であったことに気付き、この川が経て来た長い歴史と時間が川明りの中に漂っているように妙にやるせない空漠とした思いにとらわれた。

——揚州という街はいい街ですよ。

私はよくひとに言うが、その時は大抵私は揚州の運河独特の川明りを肌に感じている。

旅情には底ぬけに明るい旅情もある。タシケントで人造湖の水浴場へ行ったことがあった。大きな湖には島もあり、汽船も走っていた。島は渡り鳥が群がることで有名であった。その湖畔の水浴場は、鎌倉や逗子の海水浴場と少しも変わらなかった。砂の上には陽よけテントが方々に張られ、ビキニ・スタイルの若い娘さんたちが陽よけ眼鏡をかけて寝そべっており、中にはポータブル電蓄まで持ち込んでいる一団もあった。男たちは連れ立って水際を歩いたり、駆けたりしていた。どこを見ても楽しそうで明るかった。ただ異なるところはウズベク人、タジック人、ロシア人、黒い肌も白い肌も入り混じっており、雑多な言葉が使われていることであった。

私たちは人造湖の水浴場を参観した。参観という言い方がぴったりする見物の仕方であった。その水浴場の持っている楽しさも明るさも、いかにも夾雑物のない感じで、人工的でもあり、純粋でもあった。そして初めてタシケントという街の性格に触れ得た気持ちであった。私はロシアでアムール川の水浴場も、ネバ川の水浴場も見たが、この沙漠の町の人造湖の水浴場が一番明るく、生き生きして楽しそうであった。ある意味では、私が異国で見た最も明るいものであったかも知れない。

——タシケントは明るい、底ぬけに明るい町ですよ。

私がひとにこう言う時は、大抵この人造湖の水浴場の明るさを思い出している時である。そういう時、タシケントの街までが、私には人工的な街に思われてくる。そしてタシケントの街の夜の賑わいまで人工的なものに見えてくる。

旅の随筆、紀行文の面白さは、どこかに旅情をひそめていることである。それと判るはっきりした書き方で旅情を綴っているものもあれば、あらわにはそれを見せないで、誰にも気付かれぬように、どこかに匿してしまっているものもある。しかし、旅について文章を綴る場合、それを綴らせるものは旅情であるに違いない。ただ、旅情というものは、恐らく人によって異なった形をとるものであろう。

私は、学生時代に旅行記を夢中になって読んだ一時期を持ったと書いたが、いまも、旅行記を読むのは好きである。旅行記を綴っている時ほど、人間が素直になっている時はないからである。

街の会話

阿川佐和子

あがわ・さわこ
1953年東京生まれ。作家、エッセイスト。TBS「情報デスクToday」「筑紫哲也NEWS23」「報道特集」でキャスターを務める。以後、執筆を中心にインタビュー、テレビ、ラジオ等幅広く活動。おもな著作に『ウメ子』『ブータン、世界でいちばん幸せな女の子』『聞く力』など。

正月早々、バスに乗ると、乗客が一人もいなかった。

「あら、ガラ空《す》き」

ひとりごとのつもりで呟くと、

「そう、ガーランガラン」

運転席から声が返ってきた。そのユーモラスな口調に惹かれ、いちばん前の席に座る。大きな車内でたった二人きりの仲ではないか。楽しそうな運転手さんでもあることだし、離れているのは寂しいような気がしたのである。と、じっと前方を見ながら大きなハンドルを握っていた運転手さんが、やおら話し出した。

「こないだの対談、おもしろかったねえ」

私が週刊誌に連載している対談ページを読んでくださったらしい。メンが割れていたとはつゆ知らず、

「あ、それはどうも」

戸惑って応えると、

「うん、いつも読んでますよ」

こういう心やさしい見ず知らずの読者のおかげで、なんとか仕事が成り立っているんだなあと、自らの立場を改めて認識する。街へ出れば腹立たしいことばかりが目につく昨今だが、眉間にシワ寄せて歩き回っていることを反省したくなった。

停留所に停まるたび、乗客が増えていった。それでも運転手さんはお喋りを中断する気配なく、旧知の間柄のように親しく私に語りかけてくださる。バスの運転手さんとこんなに会話がはずむこともめずらしい。他の乗客の手前、多少恥ずかしい

気もしたが、なんともいえず和やかで楽しいひとときだった。降りるときがきて、

「ありがとうございました」と緊張しながらお辞儀をすると、

「はい、また」

まるで明日も会えそうな口振りで応えると、再び自分の職務へ戻っていった。

いいことは、不思議に続くものである。その日は午後になって二度、タクシーに乗ったが、二回とも感じのいい運転手さんに恵まれた。こいつあ、春から縁起がいいな。ほんの些細なできごとではあるけれど、思いの外、うれしくなった。

大学時代、些細なことで喜ぶ友達がいた。たとえば喫茶店に入り、ウエイトレスさんの対応が行き届いていると、しばらくしてから、「うーん、うれしいなあ」と突然、叫ぶ。何を急に喜び出したのかと問えば、

「だって、あのウエイトレスさん、すごく感じいいんだもん」

続いて今度は街を歩き、道順を尋ねたとき、親切に教えてくれる人がいた。お礼を言って別れたあと、彼女は驚いたように目を見開き、

「なんていい人だろうね。よかったねえ」

その単純な喜び方を見て、私のほうがよほど驚いた。この世知辛《せちがら》い世の中に、こ

れほど無垢な女の子がいるとはめずらしい。そのとき、私はこの人と仲良くなろうと心に決めた。彼女の素直で素朴な性格に感化されれば、少しは自分の性格も改善されそうな気がしたからである。

ところが感化されたのは、どうやら友達のほうらしく、大学を卒業し、会社に勤めて数年経つと、彼女は徐々に私に似てきた。手帳を覗いては「あーあ」と大きな溜息をつき、世間話をすれば、「とにかく頭に来るのよねえ」と、文句ばかりが口をつく。

いったいあの頃の彼女はどこへ行ったのだろう。あれほど初々しかった笑顔は、単に若さゆえのものだったのか。それともあの時代に比べ、世の中や自分たちが、忙しくなりすぎているせいだろうか。

話好きのバス運転手さんと親切なタクシードライバー二人に会った日の帰り、東横線でおばあちゃんと隣り合わせた。おばあちゃんは私の抱えていた羽毛のコートを見つめ、

「あれまあ、お布団《ふとん》みたいなコートだねえ」

ひょこっと話しかけてきた。

「これ、羽毛かね。外は木綿じゃないね」

　私のコートに指をのばして点検している。

「そうですねえ。表地は化繊ですよ。だから静電気が起きて、困るんです」

「ああ、いやだね、静電気ね。ビビッとね。あれ、怖いね」

　ひとこと、ふたことで終わると思った会話が静電気から始まって羽毛布団、鞄、天気などへと発展し、同じ駅を降りるまで続いた。そうなるともはや他人とは思えない。よろよろ立ち上がったおばあちゃんの傍らをゆっくり歩いてホームに降り立ち、少し困った。心配だから、このまま改札口までついていって差し上げようかしら。でも急ぐんだけどなあ。躊躇している私を後目《しりめ》に、

「はい、じゃあ、さよなら」

　軽く会釈をし、さっさと歩き出したのは、おばあちゃんのほうだった。

　見ず知らずの人間と接することに熟練している人は、話のきっかけをつかむのも上手だが、別れ際もスマートである。いや、このおばあちゃんにとって、見ず知らずの人は存在しないのかもしれない。街で会う人は皆、知り合い。そういう心境に到達できたら、東京を歩くのも、きっと楽しくなるだろう。

夜の新幹線はさびしい

江國香織

えくに・かおり
1964年東京生まれ。小説家、翻訳家、詩人。児童文学作品の『草之丞の話』でデビュー。おもな著作に『きらきらひかる』『落下する夕方』『泳ぐのに、安全でも適切でもありません』『号泣する準備はできていた』など。

夜の新幹線はさびしい
一人で乗っているからさびしい
窓に車内が映るからさびしい
みんな疲れて寝ているのもさびしい
物売りのワゴンが遠慮がちに通るのもさびしい

ちゃんと仕事をして
ちゃんと切符の手配もして
ちゃんとおべんとうを買って
ちゃんとビールだって買って

ジュージツした人生なんです
ケッコウ忙しくて
エエ、旅は大好き

でも　夜の新幹線はさびしい
コウコウとあかるすぎるからさびしい

タイム・マシンで見た清洲城

遠藤周作

えんどう・しゅうさく
1923年東京生まれ。小説家、評論家。『白い人』で芥川賞、『海と毒薬』で新潮社文学賞、毎日出版文化賞、『沈黙』で谷崎潤一郎賞受賞。その他おもな著作に『イエスの生涯』『男の一生』など。1996年没。

「タイム・トンネル」というテレビ映画があった。映画のなかには考えられぬような不思議な椅子が出てきて、この椅子に腰をかけて操作すると、何十年、何百年前の過去であれ、何世紀後の未来であれ、思いのままに逆流、前進できるのである。ナポレオン時代に生きかえりたければ、椅子を二世紀前の目盛りに合わせて動かせばよく、二十五世紀の世界を見たければ、それに応じてボタンを押せばよく、まるで夢のような発明なのである。

　山城をめぐるたびに、私はタイム・トンネルのような機械があればと（子供のように）つくづく考えることがある。もしそんな機械が存在すれば、私はこの眼で戦国時代の山城が実際どんなものだったかを見ることもできる。関ケ原の合戦でも川中島の戦いでも高みの見物ができる。いや、それよりも当時の武士団の組織や日常生活を本の上ではなくこの眼で目撃できるというものなのだ。

　だから今更、あらためて書くまでもない有名な桶狭間《おけはざま》の戦いの跡を、清洲《きよす》城から田楽狭間の路のりに偲ぼうと思いたった時、私はもし織田信長公が、タイム・マシンによって我々と一緒に、この旅行に参加してくれたらどういう結果になるだろうなどと、本気で考えはじめたのだった。

　そんな夢想にふけっているうち、念力というものは怖ろしいもので、次第に私はそれが可能なような気がしてきた。もし織田信長が現代に生きかえって私の前にあらわれたら、諸君、こんな愉快なことはないだろう。なせばなる、なさねばならぬ何事も、なさぬは人のなさぬなりけり。信念、磐《いわお》も通す。叩けよさらば開かれんと私は思うのである。

朝十一時、東京をたち東名高速道路を九十キロの速度でぶっ飛ばすと午後三時少し前に名古屋の先に出る。午後から空が曇り、そのうち雨が降りだしてきた。その雨のなかを東名から国道二十二号線に出て、清洲町に入る。随分、きたない町である。国道をはさんで工場がたち並んでいるのは仕方がないとしても、川にはゴミが山のように投げ棄てられていて町役場は一体、この不潔さに目をつぶっているのかと思われるほどである。

織田信長がここを一族の織田広信から奪ったのは弘治元年（一五五五）で、以来、彼は尾張《おわり》半国の領主としてここを本拠地としている。おそらく織田信長のことであるから城下町の清潔にも非常にうるさかったであろう。実際、彼が後に安土城を築いてそこに城下町を造った時、町はうつくしく、よく掃除されていたと宣教師の手紙にも書いてある。川にゴミを捨てなどすれば、信長はただちにその者を処罰したにちがいない。

私「そうではありませんか」

信長「まったくもって怪しからぬことでごじゃる。このあたりを今、支配しておる者を呼んでまいられえ。きつうセッカンしてくれるわ」
私「と、とんでもない。あんた、そんなことをここの町長さんにしはったら、私まで引っぱられますがな。しかし何でんなア。あんたはんがあの有名な桶狭間の戦いの頃、住んでいた清洲の町をロマンチックに考えていた私も馬鹿でしたなあ」
見渡す限りの平野、工場とアパートとガソリンスタンドのある町、そこに戦国時代の城を空想することはむつかしい。
私「でも信長さま。信長さまは一体、どんなお城にお住まいでしてん?」
信長「わが清洲城はいかな城とお問いでごじゃるか。わが城はの、そもそも斯波《しば》義重が応永十二年に尾張守護に任じられし折に造りしものにして、当時は一重の濠しかござらなんだが、この信長が、ここに住まいしてより、三重の濠を造り、楼を各所に築き、名城と言われしまでに築きしものなるぞ」
私「ははーッ。ここは私の見てまいりました多くの山城とちがい利用すべき天険のない平野のど真中。それでは深き濠と高き石垣によって守るほかはありまへんな」
信長「さればこそ、この頃より信長は城造りに思案してござるわ。いざ、その名城をお見せせん。とくと馬をば急がせられよ」

私「馬ではござらん、ポンコツ車にてござる」

信長公、余程、清洲の城が御自慢とみえて早う、早うと急がせるのである。

ゴミの散らばった川にそって向うに東海道線の線路が見える。地図を見れば、たしかにこのあたりが信長公の居城清洲の城のあったところである。

私「ヘッ。ここが清洲城の跡でございますか」

ヘッと思わず声をあげたのも道理。天下の英雄・織田信長公の清洲城は今は線路わきの小さな空地となり、何やらおイナリ様のようなもののある小さな丘と十本ほどの雑木の生えた狭い草っ原と地震の記念碑とが眼にうつるだけで、石垣はおろか、空濠、土塁の跡さえ見あたらぬ。足もとに空缶がちらばり、私が踏んづけたのは犬の糞であった。

信長公はと見れば、これはもう満面、朱を注いだように真赤になり、怒りでかの有名なピンとはやしたお髭までぶるぶる震えてござる。

信長「も、も……。もはや容赦ならぬ。わが誇りし居城の跡を子々孫々の誇りとするどころか、犬ころの糞ころがるままにしおって。誰かおらぬか。馬引け。この清洲に火を放ち、一人残らず、うち亡ぼしてくれるわ。藤吉郎はおらぬか。利家はおらぬか。勝家はどこじゃ」

私はびっくり仰天、小さくなって恐縮したが信長公のお怒りになるのも、もっともだと思った。小学生だって知っているあの桶狭間の戦いと清洲城——考え方によっては歴史に大きなエポックを画した清洲城を、あわれや線路わきの小さな空地同様に放置しているのは清洲町民だけではなく、我々日本人にとって寔《まこと》に残念無念至極なことなのである。なぜなら清洲城の歴史的価値は愛知県の誇る名古屋城に勝るとも劣らないことは誰だって知っているからである。

永禄三年（一五六〇）五月、駿河、遠江、三河の兵およそ二万五千を率いた今川義元は尾張攻略のために信長に戦《いくさ》を挑んだ。

「義元、来る」の報は次々と清洲の城に入ったが信長は雑談に耽って軍議を開く気配もなく、深更に及ぶと諸将に帰宅を命じたので、人々は「運の末には智慧も曇るというが織田もこれで終りか」と嘲笑したという。

だがその朝方、信長はしばしまどろんだ後、突然起きあがり、出陣の支度を命じ

ると、謡曲「敦盛《あつもり》」の、
人間五十年　下天《げてん》の内をくらぶれば　夢幻の如くなり
一度生をうけ滅せぬもののあるべきか……

を、舞った後、馬にまたがり城門を疾風のごとく駆け出た。この話は小学生でも知っているほど有名だから、今更紹介するまでもない。

トラックが絶え間なく往復し、工場のたちならんだ清洲町と名古屋間のどのあたりを信長とそれに従う六騎の小姓たちが疾駆したか、今では皆目、見当もつかない。しかし名古屋市から熱田《あつた》に出て、その後上野街道を伝い古鳴海に出たコースは大体わかっている。

熱田神宮に信長が到着したのは午前八時頃で、その時、兵二百騎ばかりが後につき従っていた。信長は宮前に一本の鏑矢《かぶらや》にまいた願文を納め、戦捷《せんしょう》を祈った。

この日は非常に暑く、熱田神宮を出る頃には将兵千八百人の数にふくれあがっていたが、やがて神社の南にくるとはるか丸根、鷲津の砦《とりで》のあたりから黒煙がたちのぼるのが見えたと言う。

私「信長様。史実によりますと、あんたは随分、あの夜芝居げたっぷりな振舞いをされとりますけど、ありゃ、ほんまでっかいな」
信長（ちょっと、狼狽して）「なに。こういうことはあとで色々、扮飾してくれるものでござる。熱田神宮でこの信長が賽銭の表が出れば勝利なりと将兵の前で占ったなどとは出鱈目でござる」
私「しかし夜半まで軍議も開かず、よくぶらぶら、されておられましたなア。もし私らやったら、そんな時周章狼狽、提灯持ってオロオロ部屋の中、歩きまわっとりますがな」
信長「なに。この信長も正直申してヤケのヤンパチでござった。どうせ部下からはいい案は出ないし酒のんで、ひっくりかえっておりましたのでござる。そしてヤケのヤンパチの揚句、ええ、何でもやってやれえと馬に乗って駆けだしたのでござる」
私「そうでっしゃろなア。私もあんたが、ヤケのヤンパチで駆け出されたんやないかと、思うてましてん。そんなら何やら話がわかりまっさ」
さてヤケのヤンパチの信長が熱田神宮から黒煙のたつのを見た鷲津砦のあとは現在、大高町の長寿寺という寺になっている。

もともと、この砦は今川軍に対応するための急造の砦で十四、五間四方のものであった。この時は守将の織田信平が四百の兵で守っていたのだが、この日、今川軍二千に攻められて、またたく間に落ちてしまった。

長寿寺の横には今、新幹線が走っていて「ひかり」や「こだま」がすさまじい音をたてて走っていく。とても往時を偲べる雰囲気ではない。

ただ寺の境内の縁にそって、わずかに空濠の跡らしきものがあり、かつてここが砦だったことを思わせてくれる。砦自身のあとは寺の背後にある丘だが、ここにも雑木おい茂れるのみで、何もない。

一方、熱田から古鳴海に出た信長軍は今川軍から見えぬように山にそった間道をぬけている。我々はその間道を地図で探したのであるが、どうしても見つからない。往時の道は現在では消滅したのだろうか。

いずれにしろ山づたいに信長勢は現在の相原郷のあたりに出ている。

この相原のあたりだけはやや昔の面影が残っていて、細い街道が一本、左は山、右は畠の間をどこまでも、のびている。その相原から有松の方向に迂回して、信長は今川勢を襲ったのである。

私「ヤケのヤンパチのお気持で出陣されたのは、よう、わかりましたが、敵の前衛部隊とは交戦せず、今川義元それだけを狙うということはいつ頃考えられましてん？」

信長「さよう。それは路々でござった。路々、とくと思案しますれば、むこうは大軍。こちらは無勢。無勢の兵は一人たりとも損傷すべからず。されば鷲津砦にも他の砦にも救援の軍はさし向けず、ただ義元のみと刺しちがえるべしと考えてござる」

私「ヤケのヤンパチがうみだした極意だんなア」

たしかに古鳴海を出てから信長軍が、主要街道の鎌倉街道に出ず、裏道、裏道と伝っているのは、義元の本隊とのみ、ぶつかろうと考えていたことがよくわかる。義元の本隊が何処にいたかは既にスパイその他の方法で信長にはよく、わかっていたのであろう。

有松の町から田楽狭間には国道を横切らねばならぬ。桶狭間の奇蹟というと、何か深い谷間に集まった今川軍に突如、喚声をあげて四方の山から雪崩のように信長軍が殺到したように私は思っていたが、右を見ても左を見ても谷などない。第一、山らしい山がない。あえていえば丘陵らしいものはあるが、それはビッシリ家が重なっていて信長勢二千がここにかくれたとはとても思えない。
私「こりゃ、ひどい荒廃だ」
信長「はて面妖な。この信長にも全く、何処が何処やら見当がつき申さぬワ。ここはたしかに桶狭間でござるかの。我等がかくれし太子ガ根の山はいずこにござる」
その太子ガ根というのは信長が正午頃から午後二時頃まで、軍勢と共にかくれて時の来るのを待っていた場所である。
今川義元はここで本隊を休憩させ、昼食をとっていた。これは非常な失策だった。更に信長にとって幸運なことは正午頃から黒雲、天を覆って烈しい夕立が降りはじめたことである。
私「その雨のなかを、じっと山の中で待機されとったんやなア」
信長「雨の晴れるのを待ち申した。いや実に烈しい雨でござった。樹木倒れて屋《おく》宇《う》飛び、満天、墨を流せる如しで、思えば天祐でござったなア」
信長は雨の晴れるのを待って全軍に突撃を命じた。兵士たちは騎馬のまま太子ガ根の斜面を駆けおりたのである。突撃開始は未刻、すなわち午後二時、その後二時間の間、田楽狭間に両軍入り乱れての戦いが行われたのである。

今川義元の旗本は約三百人、主君をかこんで退いたが、次第にもみつ、もまれつ、その数も減り、最後には五十騎ばかりになった時、信長の臣、服部小平太と毛利信助とが襲いかかったのである。

義元は服部小平太を味方と間違えて、「馬を引け」と命じたところを槍でつかれた。小平太と義元がもみあううちに、毛利信助が横あいから飛び出して組みついた。今川義元と織田信長の両軍約三万余が入り乱れて戦ったというから私は今日まで、その戦場をかなり広い場所のように考えていたのである。たとえば関ケ原——あれほどではなくてもその三分の二ぐらいの悲風蕭颯《しょうさつ》たる谷間を想像していたのである。

ところが国道を横切って、

「田楽狭間の古戦場は何処ですか」

と人にきくと、

「そこ」

指さされたのは幼稚園の庭ぐらいの空地に幾つかの碑がたっていて、周りには人家がびっしり立ち並んでいる。うっかり歩けばそのまま通りすぎてしまうだろう。町中にある小さな公園と考えて頂けばよい。

（これが、桶狭間……）

私は仰天するというよりは、はるばる東京から出てきたのが情けないやら、口惜しいやらで、茫然、そこに立っていた。

烈しい戦いの叫び、太刀の打ち合う音、馬のいななき、そんなものはこの小公園のような場所から聞こうとしても聞こえてこない。

（来るんじゃなかった）

それが実感だった。読者には申しわけないが清洲城と桶狭間とをプランに選んだのが私の失敗だったのである。むしろ、それらは訪れもせず、ただ空想のなかで描いておいたほうが良かったとしみじみ思った。

公園のなかには今川義元の墓がある。付近の藪の中には「士大将塚」と刻んだ七石表が点在している。

私はこの公園の向い側にある高徳院のほうに歩いた。そこには今川方の将、松井宗信の墓があった。また小さな地蔵様が祭ってあって、その下にはここでは毎年、合戦の記念日になると戦死した者の幽霊が出るのでこの地蔵を祭ってその霊を鎮めたと書いてある。今川軍の戦死者二千五百、信長勢の戦死者、八百余というから、かつてはこのあたりは夜ともなれば、かなり薄気味悪い場所だったろう。だが今は病院の大きな建物あり、人家ありで、女子供でも平気で歩けるくらいだ。

高徳院は今川義元を祭った寺である。もう夕暮で誰もいないが、事務所をたずねて宝物殿を見せてもらう。

宝物殿には当時の武具その他がおいてある。中には今川義元が馬をつないだ樹の一部分と称するものもまじっていて、ユーモアたっぷりだ。ただ、この裏山で掘りだされた槍の穂先だけはおそらく当時のものであろう。すっかり赤錆びてボロボロになっているのである。重たげな冑や鎧は、おそらくその戦争の時のものではあるまい。

ふたたび国道に出て、東名のインターチェンジをさがす。一番、手近なインターチェンジは岡崎である。言うまでもなく、この合戦のあと、義元勢に加わっていた若き松平元康（家康）が軍をまとめて引きあげた城はここにあったのである。

旅行の「ヤー!」

西加奈子

にし・かなこ
1977年テヘラン（イラン）生まれ。作家。2004年『あおい』でデビュー。2007年『通天閣』で織田作之助賞、13年『ふくわらい』で河合隼雄物語賞、15年『サラバ!』で直木賞を受賞。著書に『ごはんぐるり』『くもをさがす』など。

よく旅行する。ことにここ2年間は、ブータン、チベット、クロアチア、インドネシア、ハワイ、スペイン、インド、ネパールと続いている。

海外に行くと、当然ながら言語が違う。現地の言葉が分からないのであれば、世界の共通言語は英語なので、英語を話す必要がある。これだけ海外に行っているのだから、西さん、さぞ、とお思いの方がいらっしゃるだろう。だが私は、英語が出来ない。まったく、というわけではないが、日常会話すらおぼつかない状態だ。なのに、私には、なんとなく分かっているふりをしてしまう悪い癖がある。現地の方に何かべらべらと話しかけられると、分からないのに、「ヤー！」とうなずく。そして「え？　何が？」というような、怪訝《けげん》な顔をされる。分からないのならそう言えばいいのに、話の腰を折るのが申し訳ないのと、自分が英語を話している風な雰囲気が気持ちいいのだ。

ことに悪いのは、私が英語を勉強したのが『セックス・アンド・ザ・シティ』という海外のドラマであるということだ。ニューヨークに暮らす4人のキャリア女性の恋と友情を描いた大人気ドラマで、映画化もされている。お洒落《しゃれ》で軽妙な会話が大きな魅力のひとつであり、彼女たちが使う「粋な言葉」を真似《まね》すると、すごく気持ちいい。なので海外に行ったとき、作中の様々な言葉を使ってしまうのだが、そうすると、現地の方に、あ、この人、英語すごく話せる、と思われる。それがきっかけで、長々と話をされるのだが、そこでまた分からないと言えずに「ヤー！」と誤魔化し、さらに怪訝な顔をされるのだ。

今月末はニューヨークに行く。まさに『セックス・アンド・ザ・シティ』の舞台だ。分からない英語に「ヤー！」と撒《ま》き散らす自分を想像し、今から先走って恥ずかしいが、やはり旅行はいい。自分が何ものでもないことが、分かるのがいい。

渓をおもふ

若山牧水

わかやま・ぼくすい
1885年宮崎生まれ。歌人。尾上柴舟に師事し、自然主義歌人として創作を続けた。旅を愛し、生涯にわたり旅をしては各所で歌を詠んだ。おもな歌集に『海の声』『別離』『山櫻の歌』など。1928年没。

疲れはてしこころのそこに時ありてさやかにうかぶ渓のおもかげ
いづくとはさやかにわかねわがこころさびしきときし渓川の見ゆ
独りゐてみまほしきものは山かげの巌が根ゆける細渓の水
巌が根につくばひをりて聴かまほしおのづからなるその渓の音

二三年前の、矢張り夏の真中であつたかとおもふ。私は斯ういふ歌を詠んでゐたのを思ひ出す。その頃より一層こゝろの疲れを覚えてゐる昨今、渓はいよ〳〵なつかしいものとなつて居る。ぼんやりと机に凭《よ》つてをる時、傍見をするのもいやで汗を拭き〳〵街中を歩いて居る時、まぼろしのやうに私は山深い奥に流れてをるちひさい渓のすがたを瞳の底に、心の底に描き出して何とも云へぬ苦痛を覚ゆるのが一つの癖となつて居る。

蒼空を限るやうな山と山との大きな傾斜が――それをおもひ起すことすら既に私には一つの寂寥である――相迫って、其処に深い木立を為す、木立の蔭にわづかに巌があらはれて、苔のあるやうな、無いやうなそのかげをかすかに音を立てながら流れてをる水、ちひさな流、それをおもひ出すごとに私は自分の心も共に痛々しく鳴り出づるを感ぜざるを得ないのである。

渓のことを書かうとして心を澄ませてをると、さま〴〵の記憶がさま〴〵の背景を負うて浮んで来る。福島駅を離れた汽車が岩代《いはしろ》から羽前へ越えようとして大きな峠へかゝる。板谷峠と云つたかとおもふ。汽関車のうめきが次第に烈しくなつて、前部の車室と後部の車室との乗客が殆んど正面に向き合ふ位ゐ曲り曲つて汽車の進む頃、深く切れ込んだ峡間《はざま》の底に、車窓の左手に、白々として一つの渓が流れて居るのをみる。汽車は既によほどの高処を走つて居るらしくその白い瀬は草木の茂つた山腹を越えて遥かに下に瞰下《みおろ》されるのである。私の其処を通つた時斜めに白い脚をひいて驟雨がその峡にかゝつてゐた。

汽車から見た渓が次ぎ〳〵と思ひ出さるる。越後から信濃へ越えようとする時にみた渓、その日は雨近い風が山腹を吹き靡けて、深い茂みの葛の葉が乱れに乱れてゐた。肥後から大隅の国境へかからうとする時、その時は冬の真中で、枯木立のまばらな傾斜の蔭に氷つたやうに流れてゐた。大きな岩のみ多い渓であつたとおもふ。

おしなべて汽車のうちさへしめやかになりゆくものか渓見えそめぬ
たけながく引きてしらじら降る雨の峡《かひ》の片山に汽車はかかれり
いづかたへ流るる瀬々かしらじらと見えゐてとほき峡の細渓

秋の、よく晴れた日であつた。好ましくない用事を抱へて私は朝早くから街の方へ出て行つた。幸ひに訪ぬる先の主人が留守であつた。ほつかりした気になつたその帰り路、池袋停車場へ廻つて其処から出る武蔵野線の汽車に乗つてしまつた。広々した野原へ出て、おもふさまその日の日光を身に浴びたかつたからである。一度途中の駅へおりたのであつたが、其処等の野原を少し歩いてゐるうちに野末に近くみえてをる低い山の姿をみると是非その麓まで行き度くなり、次の汽車を待つてその線路の終点駅飯能《はんのう》まで行つた。着いた時はもう日暮で、引き返すとすると非常に惶《あわただ》しい気持でその日の終列車に乗らねばならなかつた。それに何といふ事なく疲れてもゐたので、余り気持のよくない乾き切つたやうな宿場町の其処にたうとう泊つてしまつた。運悪くその宿屋に繭買ともみゆる下等な商人共が泊り合せてゐて折角いゝ気持で出かけて来た静かな心をさんぐ\に荒らされてしまつた。不愉快な気持で翌朝早く起きて飯の前を散歩に出た。漸く人の起き出た町をそのはづれまで歩いて行つて私は思ひもかけぬ清らかな渓流を見出した。飯能《はんのう》と云へば野原のはての、低い丘の蔭にある宿場だとのみ考へてゐたので、其処にさうした見事な渓が流れてゐやうなどゝは夢にも思はなかつたのである。少なからず驚いた私はあわてながらその渓に沿うて少しばかり歩いて行つた。真白な砂、洗はれた巌、その間を澄み徹つた水が浅く深く流れてゐる。昨夜来の不快をも悉く忘れ果て、急いで宿屋へ帰つて朝飯をしまふなり私はまたすぐ引き返して、すつかり落ちついた心になり、その渓に沿ひながら山際の路を上つて行つた。渓をはさんだ山には黄葉《もみぢ》も深く、諸所に植ゑ込んだ大きな杉の林もあつた。細長い筏を流す人たちにも出会つた。ゆる〳〵と歩いてその日は原市場で泊り、翌日は名栗まで、その翌日長い峠にかゝると共にその渓は愈々細く、終《つひ》には路とも別れてしまつた。そして落葉の深い峠を越すと其処にはまた新たな渓が流れ出してゐた。

朝山の日を負ひたれば渓の音冴えこもりつつ霧たちわたる
石越ゆる水のまろみをながめつつこころかなしも秋の渓間に
うらら日のひなたの岩にかたよりて流るる淵に魚あそぶみゆ
早渓の出水のあとの瀬のそこの岩あをじろみ秋晴れにけり
鶺鴒《いしたたき》来てもこそをれ秋の日の木洩日うつる岩かげの淵に
おどろおどろとどろく音のなかにゐて真むかひにみる岩かげの滝

浅瀬石川《あぜいしがは》といふのは津軽の平野を越えて日本海の十三潟に注ぐ岩木川の上流の一つである。其処きりで鱒《ます》の上るのが止るといふ荒い瀬のつゞく辺に板留といふ小さな温泉場がある。温泉は川の右岸に当る断崖の中腹に二個所とその根がたの川原に接した所に一個所と、一二丁づゝの間隔を置いて湧いて居る。私の好んで入つたのはその断崖の根の温泉で、入口には蓆《むしろ》が垂らしてあるばかり、板の壁はあらかた破れて湯に入りながら渓の瀬がみえてゐた。或る日の午後ぼんやりと独りで浸つてゐると次第に湯がぬるんで来た。気がつくと板壁の根の方から渓の水がひそかに流れ込んで来てゐるのである。四月の廿日前後であつたが、その日あたりから急に雪が解け始めたらしく、渓の水の濁つて来るのは解つてゐたが斯う急に増さうとは思はなかつた。呆気《あつけ》にとられて裸体のまゝ小屋の外に出てみると、赤黒く濁つた水がほんの僅かの間に全く川原を浸して流れて居る。丁度其処の対岸の木立のなかに——そのあたりにも水が流れ及んでゐた——網を提げた男が一人、あちこちと歩いてゐる。雪解を待つて鱒は上つて来るといふ事を聞いてゐたが、彼はいまそれを狙《ねら》つてゐるのらしい。やがて、また一人あらはれた。

雪が解けそめたとは云へ、四辺《あたり》の山は勿論ツイその川岸からまだ真白に積み渡してをるのである。その雪と、濁つた激しい渓と、珍しく青めいたその日の日光とのなかに黙々として動いてゐるこの鱒とりの人たちがいかにも寂しいものに私の眼には映つた。遥かな渓を思ふごとに私の心にはいつもそれら寂しい人たちの影が浮んで来る。

雪解水《ゆきげみづ》岸にあふれてすゑ霞む浅瀬石川《あぜいしがは》の鱒とりの群
むら山の峡より見ゆるしらゆきの岩木が峰に霞たなびく

相模三浦半島のさびしい漁村に二年ほど移り住んでゐた事があつた。小さな半島に相応した丘陵の間々に小さな渓が流れてをる。一哩も流れて来れば直ぐ汐のさしひきする川口となるといふやうな渓だ。それでも私はその渓と親しむことを喜んだ。川に棲むとも海に棲むともつかぬやうな小さな魚を釣る事も出来た。

わがこころ寂しき時しいつはなく出でて見に来るうづみ葉の渓
わが行けば落葉鳴り立ち細渓を見むといそげるこころ騒ぐも

渓ぞひに独り歩きて黄葉《もみぢ》見つうす暗き家にまたも帰るか
冬晴の芝山を越えそのかげに魚釣ると来れば落葉散り堰《せ》けり
芝山のあひのほそ渓ほそほそとおち葉つもりて釣るよしもなき
こころ斯く静まりかねつなにしかも冬渓の魚をよう釣るものぞ

みなかみへ、みなかみへと急ぐこゝろ、われとわが寂しさを噛みしむるやうな心に引かれて私はあの利根川のずつと上流、わづか一足で飛び渡る事の出来る様に細まつた所まで分け上つたことがある。

狭い両岸にはもうほの白く雪が来てゐた。断崖の蔭の落葉を敷いて、ちょろ〳〵、ちょろ〳〵と流れてゆくその氷の様になめらかな水を見、斑らな新しい雪を眺めた時、何とも言へぬこゝろに私は身じろぎすら出来なかつた事を覚えてをる。いま思ひ出しても神の前にひざまづく様な、ありがたい尊い心になる。水のまぼろし、渓のおもかげ、それは実に私の心が正しくある時、静かに澄んだ時、必ずの様に心の底にあらはれて私に孤独と寂寥のよろこびを与へて呉れる。

渓の事はまだ沢山書き度い。別しても自分の生れた家のすぐ前を流れてゐる故郷の渓の事など。更にまたこれからわけ入つて見たいと思ふ其処此処の河の上流のことなど。

旅の始まりは空港野宿から

杉森千紘

すぎもり・ちひろ
福井生まれ。国際線CA、IT企業勤務などを経て、フリーランス。2006年から続けているブログ『東京弁当生活。』では、弁当や台所まわりの記事のほか、ひとり旅の経験をつづった記事が話題に。おもな著作に『東京弁当生活帖。』『そうだ、台湾いこう』など。

旅人の朝は遅い。ほんの1時間程度仮眠して、起きたのが夜10時。LCCは一般的な航空会社の使うゴールデンタイムと違って深夜や早朝などのとんでもない時間帯に発着枠が設けられている場合が多いので、空港まで辿り着くのに始発や深夜バスを使ったり、下手すると終電で向かって空港野宿、なんて過酷なコースも珍しくない。今日は……後者。久々に今夜の寝床は羽田のベンチ。

いや、羽田ならまだいい。LCCを使うことが多くなると安さにつられて都内から成田まで遠路はるばる赴くことも多くなるのだけど、LCC専用の第3ターミナルができるまでにしばしば通っていた成田空港第2ターミナルは、ようやく空港に辿り着く深夜に電気がパッと消える静寂の時間帯があり、そこらじゅうのベンチで仮眠をとる屍が暗闇に累々と横たわっていた。そんな中での今夜の寝床の争奪戦はなかなかにハード。電源の横には絶対外国人が陣取っていて貴重な電気を我が物顔で使っていたし、3席丸ごと使って横になれるチャンスなんてそうなかった。くそう、今日も負けたぜ……と座りながら寝たものですよ。

それに比べたら羽田なら都心からも近いし、国際線ターミナルは24時間旅客の往来があるから深夜・早朝営業の店も多数。寝床ベンチの数も多くて空港野宿も快適。というわけで今回は1000円アップして羽田発の便を選んだ。

すっぴん隠しのマスク姿で遅い帰宅のサラリーマンの波を逆流し、酒臭い終電に乗って羽田空港国際線ターミナル着。まずは、寝床確保！と到着階にまっしぐら。出発階のほうが薄暗くて安眠向きではあるけれど、こっちの階は待ち人用にまとまった数のベンチがあるので広さ重視でいつもこっち。

ふぉお空いてるぜ！　難なく端っこの寝やすそうな3席をゲット。ノイズキャンセリングイヤホンがあればガーガーうるさい深夜の清掃機もそんなに気にならないし、とリュックを枕にフードをスッポリ頭にかぶって、ゴロン。

……寝れない。台湾は暖かいからな！とはりきって家からはいてきたユニクロのエアリズムズボンの通気性がアダとなり、風呂上がりのわたしの体温が容赦なく奪われていく。さ、寒い……。それにこのベンチ、端っこはいいけどよく見たら奥は吹き抜けじゃねえか。考えた挙句、リュックからペナペナのクイックドライバスタオルを出して足に巻きつけてみるも、すでに十分に冷えきった足には効果ナシ。

加えて近隣の大学生のやかましいことよ。わかってる、わかってるよ。春休みでみんなで海外行くの楽しいよね。そりゃトランプもするよね。でもこの時間にそんなキャッキャしますかそうですか。イヤホン越しでも響くヤングの声。学生×春休み×深夜テンションの破壊力よ……。ただただ「明日眠すぎて観光どころじゃなくなりますように」と横たわったまま呪いをかけるおばさんなのであった。

3時間ほど仮眠するつもりが結局一睡もできなかった。目深にかぶっていたフードを上げると時間は3時。先程の学生たちも呪いが効いたのかほとんど希望通り尻となっている。寝るのは諦めて出発階に上がり行列に並んでチェックイン。

出発までは1時間弱。いつも通り24時間営業のカフェバーに入ると、いつも通りこの時間はほかに誰もおらず、旅の景気づけに深夜のおはようビールを1杯。

今日のフライトはどうせなら乗ったことない飛行機に、と初めての「タイガーエア台湾」。CAさんはかなり軽装のシャツスタイルで、腰に巻いたヒョウ柄のスカーフでタイガー感を出しているらしい。仕事するのラクそうだわ……。ラッキーなことに無料で窓側を指定できたので、もたれかかりながら3時間半爆睡した。

ONE

黛まどか

まゆずみ・まどか
神奈川生まれ。俳人。１９９４年、「B面の夏」50句で第40回角川俳句賞奨励賞を受賞し、同年初句集『B面の夏』刊行。２０２４年、句集『北落師門』で第16回文學の森賞大賞受賞。著書に『引き算の美学』『暮らしの中の二十四節気』『私の同行二人』など。

今しがたま で君のゐし草いきれ

「何でそんなに急いでいるの？　もう一時間も歩けば、ロス・アルコスに着いてしまうさ」

目の前を通り過ぎようとした私を呼び止めたのは、ブラジルからやって来た青年巡礼者ズィランドだった。彼は絵を描きながら、世界中を旅しているのだという。一つ木蔭《こかげ》に私が腰を下ろすと、彼は自分のペットボトルの水をすすめてくれた。木蔭と水を分け合いながら、私たちはこの巡礼を思い立った理由などを語り始めた。私がパウロ・コエーリョの『星の巡礼』のことに触れると、彼はこの本を読んだ多くの若者が、世界中から巡礼にやって来ていると言った。

「実は僕もその一人なんだけどね」

彼は言うと、腰を上げた。

ロス・アルコスのアルベルゲは、開放的なつくりになっていて、テーブルと椅子をしつらえたテラスや中庭では、巡礼者たちがおしゃべりに花を咲かせていた。

「パウロの友達って君?」

シャワーの後、ベッドで午睡をとっていた私に、アランという名の一人の青年が声をかけてきた。車のセールスマンをしていた彼が、突然会社を辞め、好きな詩を書くために世界放浪の旅に出たのは、やはりパウロの小説がきっかけだったという。

「僕はその本を読んで忘れかけていた、いや忘れようとしていた夢を思い出したんだ……」

薄暗いベッドルームの中で、彼の瞳《ひとみ》だけがキラキラと輝いていた。

「ねえ、君も詩人なら、今から即興で詩を作り、交換しないか!」

彼の提案で、私たちは巡礼の記念に詩を贈り合うことになった。話を聞いていた他の巡礼者たちが、私たちの周りに集まり、固唾《かたず》を呑《の》んで詩が生まれるのを待っている。アランは額に手をやったまま黙り込んでいる。私がペンを取り一句したためると、彼も続いて数行の詩をしたためた。そしてゆっくりと読み上げた。

『ONE』
一人の詩人に会った
一人の巡礼者に会った
一つの道で
一つの場所で
それは決して単に一つの偶然ではなく

神がつくられた一つの偶然

わからない旅

田中小実昌

たなか・こみまさ
1925年東京生まれ。小説家、エッセイスト、翻訳家。『ミミのこと』『浪曲師朝日丸の話』で直木賞、『ポロポロ』で谷崎潤一郎賞受賞。その他おもな著作に『自動巻時計の一日』『ぼくのシネマ・グラフィティ』『新宿ゴールデン街の人たち』など。2000年没。

これがお目にかかるころには、ぼくは地中海のキプロス島にいるだろう。ところが、こんどの旅のことをたのんだ者が、暮れに九州にかえったきり、まだ東京にもどってきていない。九州の住所も知らないし、なん時の旅客機にのるのかなんてことも、さっぱりわからない。

四年まえ、ちょうど今ごろの季節に、やはり地中海のマルタ島にいた。マルタは人口三十四万とかのちいさな共和国だ。

マルタに滞在しはじめたときに、昭和天皇がなくなった。それで、首府ということになっているヴァレッタの通りの角の旅行社の二階に、半旗の日の丸が窓からななめにつきでていた。

この二階がニホンの代理公使のオフィスだったのだそうだ。代理公使はイタリア人だときいたが、このあとすぐにオフィスはなくなった。代理公使もいなくなったらしい。

ヴァレッタはほかの町ともつづいているのだが、議会や政府の建物や大きな郵便局もあったので、キャピタル（首府）とよばれていた。

島のまんなかの、ひろびろとしたながめの古い都はラバトという名前だった。たしかリビアにも、そしてモロッコにもラバトって町がある。都（首府）の意味らしい。

マルタの島の言葉はリビアの人たちにはだいたいわかるが、リビア人がしゃべってることはマルタの人たちにはわからない、なんてこともきいた。あるいは逆かもしれない。

言葉の一方通行みたいなのもおもしろい。それにマルタの島の言葉には、ヨーロッパ系の言葉にはない、喉《のど》の奥でクッとみじかく発音するようなのがあった。

マルタの人たちは、オバさんの服装など、シシリー島から海上百キロだし、イタリアに似てるけど、言葉は旧約聖書にでてくるハム、セム、ヤペテ族のうちの言葉なのだろう。

ぼくは物かき商売だし、言葉には興味がある。翻訳でたべてたこともあり、小説とちがい、翻訳では評判になったこともあった。

ところがオジンになって現代ギリシア語をちょっと勉強したが、まるっきりダメだった。記憶がおとろえると、語学はできない。一学期、現代ギリシア語の教室にかよい、そのあとギリシアのアテネにいったのだが、そこでギリシア語はあとかたもなく消えてしまったのは皮肉だ。

そういえば、せっかく勉強したフランス語もドイツ語も、兵隊にいってるあいだに、すっかりパアになってしまった。戦争は語学にもよくない。

英語は、戦後アメリカ軍ではたらいていて、おぼえなおした。辞書はぜんぜんひかず、わからない言葉は、みんなアメリカ兵にきいて翻訳したりした。それがよかったかどうかはわからない。しかし、いまどき辞書なしに翻訳するなど、まったくシンドイことだ。

ギリシアではイエスのことを「ネ」と言う。だいたい否定語はNの音ではじまるのがふつうだが、ギリシア語と佐賀弁とハングルは逆だ、ともきいた。

アテネの町なかの海軍兵学校のよこから、メタモルフォーシス行のバスがでていた。ギリシア神話にもでてくるような言葉で、変貌《へんぼう》とか変身とかいうのだろうか。このバスの終点のメタモルフォーシスはべつに神話的、哲学的な場所ではなく、オリーヴの並木があるしずかなところだった。オリーヴの実がたくさん落ちており、ひろって口にいれたが、ぜんぜん油くさくはなかった。

アメリカの最南部の町ニューオリンズを舞台にしたテネシー・ウィリアムズの戯曲『欲望という名の電車』は有名だが、ニューオリンズに行くと、デザイアー（欲望）行のバスがあって、これにのった。終点のデザイアー・ストリート（欲望通り）はいまは黒人街になっていた。

このバスは大まわりをしてはしる。ニューオリンズの繁華街のラテン・クオーターあたりから、もっとみじかいコースの「欲望という名の電車」が、ぼくは見かけなかったが、いまでもあるのかもしれない。

アテネのバスは、ロンドンとおなじように、車掌が首からキップの機械をぶらさげていて、行先により、機械のハンドルをガチャンとまわしてキップを出す。

あるとき、バスの車掌がぼくのところにやってきて、「行先はどこか?」ときいたらしい。それで、ぼくは「ゼン・クセロ」とこたえたら、たいへんなさわぎになった。これは、ギリシア語で「わからない」という意味だ。

バスの車掌に行先をきかれて、わからない、ではこまったことになる。さすがはソクラテス以前にもさかのぼる議論の国だ。バスの車掌を中心に、ぎっしり混んだ乗客たちが口々に、行先がわからない、とはどういうことかと論議していたらしい。

これにこりて、これ以来、ぼくは行先をきかれ、ほんとはわからないのだが、わからない、とこたえるのはやめた。ひとに心配をかけるだけだもの。

こんども、さいしょはギリシアにいき、それからキプロス島にわたる。でも、くりかえすが、なん時の旅客機にのるのかも知らず、アテネでの滞在の日数、場所など、まったくわからない。また、キプロス島がどんなところなのか、またどこに泊るのかなんてことも、さっぱり見当もつかない。

おっちゃん

小川糸

おがわ・いと
1973年山形生まれ。小説家、エッセイスト。2008年、『食堂かたつむり』でデビュー。同作は11年にイタリアのバンカレッラ賞、13年にフランスのウジェニー・ブラジエ賞を受賞。小説に『つるかめ助産院』『ツバキ文具店』、エッセイ集に『これだけで、幸せ』『針と糸』など。

ちいさな島にある美術館に行こうと船に乗っていたら、後ろの席に座っていたおっちゃんに話しかけられた。

「お姉ちゃん、旅行？」「はい」「どこに行くん？」「豊島美術館です」「なーんにも、ないよ。絵も、1枚もないけど、ええの？」「はい、大丈夫です」

とまぁ、こんな感じ。おっちゃんは、頸椎《けいつい》のヘルニアで、去年高松の病院で手術

さん、漁師さんをしたという。その病院に診察に行った帰りだった。島生まれ、島育ちの、漁師さん。とても気さくで、いろんなことを教えてくれる。

「うち、美術館のそばだから、見終わったら寄ってってー。そうめん、茹《ゆ》でたげるから」

「最終の船に乗り遅れたらな、うち、泊まってってええわ。そういう人、ぎょうさんおるねん。今も、福島から逃げてきた人、ふたり来ておる」

こんなふうにおっちゃんは本当に親切で、船から下りた後も、レンタサイクルの乗り場まで連れて行ってくれた。結局、そうめんはご馳走《ちそう》にならなかったけど、すごく印象深いおっちゃんだった。

目的の豊島美術館は、とっても素晴らしかった。ほんと、おっちゃんが言っていた通り、何にもないと言えば、何にもない。でも、すべてある、と言えば、すべてある。

地面に盛り上がる水のしずくみたいに、ぺったりとしたドーム型の巨大な建物。中に入ると、2か所、天井に大きな丸い穴がくり抜いてある。そこから、山の木々が見え、空が見える。風が吹くと、さわさわと木の葉が触れ合う音がして、音楽になる。鳥が、独特の美声でソロを歌う。

曇りの日には曇りの日の、雨の日には雨の日の、晴れの日には晴れの日の、それぞれ違った表情がある。一瞬として、同じ表情はなく、自然こそが偉大なる芸術家なのだということを、ものすごい説得力で無言のうちに教えてくれる。そんな場所だ。

「なんにもないけどな、ええ所だよ」おっちゃんの言っていた通りだ。

旅は、こういう出会いが面白い。おっちゃんが茹でてくれるそうめん、食べたかった気もするけど。また今度来た時に会いに行こうかな。それまで、どうかお元気で。

空飛ぶブロイラー便

椎名誠

しいな・まこと
1944年東京生まれ。小説家、映画監督、写真家。業界誌の編集長を経て『本の雑誌』を創刊。『犬の系譜』で吉川英治文学新人賞、『アド・バード』で日本SF大賞受賞。その他おもな著作に『岳物語』、「あやしい探検隊」シリーズ、『ぼくがいま、死について思うこと』など。

ニューヨークに行って盛岡に行って札幌に行って帰ってきた。なんだかんだで約半月、あっちに行ったりこっちに行ったり。

外国への長時間のヒコーキ旅が最近は辛《つら》くなってきた。もういい歳だからビジネスクラスにしてもらう。

してもらうって、プライベートな用事であり、公務員の視察じゃないんだから費用は全部自分で払っているわけで誰に文句をつけられるわけじゃなかった。

むかしは国際線だとエコノミー席でも外国へ行く、という高揚感があって長い読書時間も機内の食事もけっこう楽しみだったけれど、いまはそうでもない。とくにビジネスクラス以上はフルコースみたいになっていてかえってわずらわしく、先にビールとかウイスキーをガブガブ飲んで寝てしまったほうがよかったりする。

座席からベッドに切り替わっていくアレヨアレヨ！　の仕組みは航空会社および飛行機によってかなり違うが、寝ごこちはＢＡ（ブリティッシュ・エアウェイズ）とＡＮＡがいい。二席並んでいてもかなり離れていて個室感覚になれるのだ。

ニューヨークまで十四時間のうちまず半分寝て、二時間ほど新作映画を観て朝めしもパスしてまた寝ていたら到着した。ぼくは不眠症気味でいつも寝入るのに苦労するのだが、ヒコーキだとなんでこんなに簡単に寝られるのだろう、といつも不思議に思う。

あの機内の送風音と地上と違う気圧、ほどよいエンジンの音、寝台のゆれぐあいなどがちょうど日頃の緊張神経を解きほぐす作用をしてくれているのかもしれない。

自宅にそういう装置を作ったらいいのかな、と思ったがただのマッサージ椅子でもかなり高いから無理な話か。

若い頃は十時間以上のフライトとなると原稿を書いたり、その原稿に必要な本を読んだり、音楽を聴いたり、常に何かのサケを頼んだりと忙しく、やがてそれらに疲れて三時間ぐらいまどろむ、というのが普通だった。

近頃はそれができなくなってしまったのが困るのだ。とくに原稿である。原稿用紙への手書きができなくなってしまった。

ぼくが最初に外国旅行に行ったのはサラリーマンをしていた頃だ。二十七歳ぐらいだったか。小さな会社の業界雑誌の編集長をしていてその特集取材だった。その頃は、海外取材というとなぜかぼくに出張命令がきていたのだ。会社の金で旅ができるのだからヒジョーに嬉《うれ》しかったけれど。

でも会社はケチだから写真も取材も旅のあれこれ何もかも全部自分でやる。そして買うチケットはもちろんエコノミークラス。長期出張手当てなんていうのもとくになかったな。

その当時、悪名高きパンナム（パン・アメリカン）の「世界一周便」というのがあった。世界一周、などというとなにかロマンを秘めて雄大な感じだが、山手線と一緒。ヒコーキ版の世界各駅停車循環便で、南回りだった。とにかくぐるぐるぐるぐる一年中休みなく地球を回っていたのである。だから成田《なりた》から乗る便にはアメリカ本土やハワイあたりからの客がすでに疲れ切った顔で乗っている。日本を出ると香港《ホンコン》に降り、続いてバンコク、マニラ、ボンベイ（ムンバイ）、テヘランなどこまかく離着陸していく。そしてトランジットの時間が長い。

エコノミー席に慣れてくると、疲れてノソノソ降りていく他のトランジット客のあいだをすりぬけて、自分が横になれるところを素早く探す術《すべ》を覚えてくる。

機内に持ち込んだカメラ類などはトランジットのときに持って出なければならないからトイレに行くときなど確保した寝場所にそれを置いて「ここおれんとこ」と主張しておきたいのだが、いろんな国のどんな客がいるかわからないから盗まれたらあっというまに取材仕事はパアになる。こういうとき一人旅というのはじつに困るのだ。

カメラバッグを持ってトイレに行き、戻ってくると確実にぼくのそれまでの寝場所は誰かにとられている。思ってたとおりだけど悔しい。権利金、敷金よこせ。

なにかトラブルがあったのか五時間ぐらい待たされたときがあった。そうだ。そこがテヘランだったのだ。窓の外がやたら明るく、空港のまわりには町はなく白くて広い平地がひろがっていたのを覚えている。はじめての外国旅行であったから香港にしてもボンベイにしてもみんなはじめて見るところである。トランジットルームから外の風景が見える窓があると精神的に安心した。

いまほどテロの心配はなかったが、ここは予定にないどこかとんでもない危険な国じゃないのか？　などと窓のない部屋では不安になってしまう。

国際便というのは、ひとつの国を飛び立つと三十分～一時間して飲み物のサービスがあり食事となる。エコノミーの食事はレンジであつあつにした銀紙に包んだ弁当箱タイプのものだった。

ひとつの国に着陸し、離陸すると必ず出てくるのでたちまちどれがひるめしでどれが夕食かわからなくなっていく。

まだ二十代で若かったからそれでもけっこう食べたが、あのパンナムの世界一周便は関係者からひそかに、「世界一周空飛ぶブロイラー便」とも呼ばれていたらしい。

一人旅のススメ

高橋久美子

たかはし・くみこ
1982年愛媛生まれ。作家、作詞家、農家。ロックバンドでの活躍後、作家に。おもな著作に、小説集『ぐるり』、エッセイ集『一生のお願い！』『暮らしっく』など。近著に『いい音がする文章』、『わたしの農継ぎ』がある。訳書『おかあさんはね』がようちえん絵本大賞受賞。アーティストへの歌詞提供も多数。

『旅は道連れ』とは言うが、一人気ままに行くのも良い。隣に座るのは自分だ。旅に出てまで早くしてだの、あっちがいいだの言われたくないじゃないの。逆に、気を遣い合って言いたいことを我慢したままなのも嫌だし。だから、気心知れた人と行くか、一人で行く。

旅館で一人ご飯をいただくのもいいものだ。誰ともなんにも喋らなくたっていい。

じっと、歩いたり、揺られたり、見たり、迷子になったり、浸かったりすればいい。まあ、旅館の夕食では隣の老夫婦が喋りかけてきたり、バーではおじさんが奢《おご》ってくれたり、温泉でおばあさんに取り囲まれたり、一人になろうとしても一人になんてなれやしないんだけどね、この地球を旅する限り。そして、ぐったり疲れて、気がつけば体の奥の空気が少しだけ入れ替わっている。

予期せぬお節介に巻き込まれたい。誰かのオススメに翻弄されたい。この脳みそだけでは辿り着かない場所にいつのまにか行っていたい。

ある日、私は熊本県山鹿市を旅していた。そして気がつけば熊入《くまいり》温泉センターというおんぼろな温泉で、十人くらいのおばあさんに囲まれてお湯に浸かっていた。じいさん達のカラオケが響き渡っている。

「風呂で倒れたっちゃ、ここなら助けてもらゆっけん毎日来とったい」

と、今にも溺《おぼ》れてしまいそうに小ちゃいおばあさんが笑っとる。

「ばってんが、あたはどこから来たとね?」

リーダーっぽいおばあさんが言った。

「えっと、東京です」

「ばっ！　東京！　なーしこぎゃんとこに？　どぎゃんして来たつね？」

飛行機です。三十過ぎの女一人旅はいつも怪しまれる。そもそもこの街に観光客が来ることがあまりないらしいのだ。最初、さくら湯という改装されたばっかりの立派な公衆浴場に入ったのだが、隣の観光案内所で「観光客が行かない秘境温泉を教えてほしい」と言ったら、熊入温泉センターが出てきたのだ。ある意味、秘境であった。

湯河原《ゆがわら》でも丸亀《まるがめ》でも三島《みしま》でも函館《はこだて》でも、一通り自分の力でうろうろした後、必ず観光案内所へ行く。または駅員さんか定食屋のおばちゃんに聞く。そしてガイドマップに載ってない地元の人のアジトを探す。丸亀では、有名なうどん屋を何軒か回ったあと観光案内所で「お姉さんの一番好きなうどん屋はどこですか？」と聞いて、目をまん丸くされた。そして聞き出した小さな食堂のうどん。出汁は優しく麺はもっちもちで、どこよりも美味しいと思った。あなたのオススメ教えてくださいシリーズは、マニュアルを超えた人の趣味が出るから当たっても外れても面白い。私の悪趣味だ。

さて、熊入温泉センターは当たり中の当たりだった。一時間に一本しかバスがないというので、四十分くらい地図をみながらひたすら歩いて辿り着いた場所は寂れたスーパー銭湯風の館だった。館内にカラオケ室なるものが併設されていて、風呂をあがったおじいやおばあの熱唱する地獄的ハーモニーが館内に響き渡っている。観光客は確かに見当たらない。温泉の佇まいとしてA+だった。私はすぐにのぼせるので、温泉に行ってもカラスの行水だが、山鹿温泉は三十八度ほどのぬるま湯なので、いくらでも入ってられた。

「そって、なーしこぎゃんとこ来たつね？」

裸のおばあさん達が、裸の私を取り囲んでいる。

「いや～。温泉がいいというので山鹿に来てみたんです。羊羹も美味しかったですよ」

「一人旅っつったっちゃー、こぎゃん何もなかとこに飛行機代ば払って来たとね？　黒川《くろかわ》てろん阿蘇《あそ》てろんあったろたい？」

田舎のばあちゃん達は、みんな「なんもないとこ」と言う。たっぷりと何でもあるのはこっちだということに気づいてない。いや、本当は地元のことが大好きなのに、日本人特有の謙遜《けんそん》なのかな。

「山鹿のお湯はぬるいから長話できますね」

「そぎゃんよ。どがしこでん入れると。毎日ここさん来て、みんなで話すのが生きがいですたい」

お湯を出たら、地獄のハーモニーに混ざって歌うんだって。それが長寿の秘訣《ひけつ》なんだって。NHKの昼間の番組みたいなこと言ってる。やっぱりここが一番好きなんだと顔に書いてある。みんな肌つやっつや。私なんかよりよっぽど元気ハツラツ。どんな生き方したら、こんないい顔になれるんだろうと思う。

でも、私はこの人達のことを何も知らない。互いに羨ましいと思い合い、ほんのひと時、言葉を交わすだけだ。それでもいろんな人が、知らない場所で生きているのを見たときホッとする。勇気づけられる。一人だからこそ、一人じゃないんだなと感じられる。毎回、私はそれを確かめに一人旅をしているんだと思う。

西の要、高尾山

久住昌之

くすみ・まさゆき
1958年東京生まれ。漫画家、漫画原作者、エッセイスト。漫画原作では、作画・泉晴紀氏との泉昌之名義『かっこいいスキヤキ』、作画・谷口ジローの『孤独のグルメ』など。おもな著作に『食い意地クン』『小説 中華そば「江ぐち」』など。

先月は八王子から高尾まで歩いた。高尾とくれば、三多摩原人には高尾山だ。多摩人にとって高尾山は、富士山の次に親しみ深い山だ。久しぶりに高尾山に登ろう。何年ぶりかな。数年前、ミシュランだかなんだかに載ったとかで、高尾山のすごい混雑が報道されていたのが記憶に新しい。それを聞いて高尾山は頭から消えていた。山に行ってまで混雑なんて、まっぴらごめんだ。

でもそろそろ空いたんではないか。平日を狙おう。この日は前夜の天気予報で雨だった。それが予報が外れた。チャンスだ。秋晴れ。日差しが暑いほどだ。

三鷹駅十時三十四分発中央線中央特快高尾行きで、高尾到着が十一時三分。三十分足らずで行ける山。すこぶる手頃。だから三多摩の子供は小学校に入ると遠足で必ず行く。六年間に三回ぐらい行ったような気がする。高尾山には、山頂までいくつもの登山道があり、楽なのから、大人でもちょっと息が切れる道まである。ケーブルカーもあるから、児童の成長にあわせて、いろいろなコースが組めるのだ。

三年生ぐらいの子供は、ケーブルカーで登って、さらに少し歩いて山頂でお弁当を食べて自由時間。帰りだけ歩いて降りて来る。高学年になって遠足が高尾山と聞くと「えー、またかよ！」となるのだが、さて歩いてみると最後は全員息が切れて無言になるほど、キツいコースだったりする。とにかく、教師たちにとっても、とりあえず便利安心な遠足場所なのだろう。

高尾山は標高五九九メートル。山岳野郎たちには「低山」と、ちょっと蔑称的な呼ばれ方をする山だ。今や「スカイツリーより低いのか」と笑われたりする。ボクはちょっと山が不憫な気持ちだ。遠足の途中、土産物屋で、男の子はたいてい杖を買った。「高尾山」と乱暴に彫っただけの、薄くニスの塗られた粗末な茶色い木の棒だ。なんで男の子って、棒が好きなんだろう。遊んでても、すぐ棒を拾う。「いい棒、見っけ！」とか。いい棒。その棒ですぐ草むらを切ろうとする。金網や柵に当ててカラカラ音をさせながら歩く。チャンバラ的なことをする。地面を叩く。穴に突っ込む。サルか。心理学者は、男性器の象徴というだろうが、なんかそれもな。でも、ひとの持ってる棒を羨ましがったりするあたりは、無駄なコンプレックスが男っぽいかも。

土産物屋ではバッジも買ったな。高尾山の金属製ピンバッジ。当時みんなかぶっていた野球帽の横につける。他にもいろんなバッジをつけまくって、ボクの野球帽は重ーくなっていた。三角のペナントも買った。金色の砂みたいのがザラザラついたやつ。なんだろあれ？　勉強部屋の壁の高いところに画鋲で斜めに貼る。ホコリがたかるからと、ビニール袋に包まれたまま貼っている家もあった。一枚買うと、集めたくなって、御岳山とかいろんなところで買って、並べて貼って悦にいっていて、でも中学でロックが好きになったら、急にダサく見えてきて、慌てて全部剥がした。

なんだろう、男の子って。結局、そんなこと繰り返している気がする、大人になるまで。棒。お土産バッジ。観光ペナント。収集。悦にいる。突然恥ずかしくなる。押し入れに隠す。思い出からも削除する。引っ越しか大掃除で捨てる。

女の子にもそういうもの、あるんだろうか。あっても、男子の方が、確実に幼稚。

わずか一駅の道のりで迷う

さて、高尾山は、ＪＲ高尾駅から、京王線に乗り換えて「高尾山口」まで一駅乗って、そこから登り始める。だが、せっかく八王子から高尾まで歩いたのだ。高尾駅からの一駅も歩いてしまおう。高尾のあたりは京王線が高架になっていて線路伝いの道がない。だから川に沿った車道を歩いていくことにした。たしか高尾山口駅前でも、道路に沿って川が流れていた。この川はあの下流ではないか。

この発想が馬鹿過ぎた。もう少し周りを見ろ。もう少し考えてから道を決めろ。

道路は緩やかに登り、平野部から山間部に移行しているのが足の裏でもわかる。日差しが物凄く強い。空気が澄んでいるぶん、夏よりも鋭く肌に突き刺さってくる。時計を見たら十一時十一分。一が並んでいる。いまだにこういう時、ハッとする。

道沿いの家の軒先に大きなヘチマがたくさんなっている。小学校の時、夏休みの宿題でヘチマの観察日記をつけた。マンションに住んでいる友だちなんてひとりもいなかった。というか当時、マンションなんて駅前に二つか三つしかなかった。三多摩はみんなそうだったと思う。大きい小さい持家借家はあっても、みんな一戸建てに住んでいた。いや、長家みたいな公営住宅もあったが。鉄筋の団地はまだなかった。狭くても庭があった。そして秋にウチで採れた大きなヘチマから、ヘチマのタワシを作って風呂で実際使った。

ヘチマでまた思い出したけど、家の風呂、やっぱりボロかったなあ。冬なんかほとんど屋外みたいに寒かった。寒いから早く湯に入りたいんだけど、からだが冷えてて熱くて入れない。温度調節できるシャワーなんてないから、熱いのと寒いののダブルバインドで、肝を焼いて洗面器に水入れてうめたりかけたり叫んだり、冬は風呂のたびにジタバタしていた。前にも書いた、腐ったような黒々した小判型の木の風呂桶の湯にバスクリンを入れたりしていた。今思うと色彩的に気持ち悪い。洗い場はスノコだった。これもたまに腐って、踏み抜いた。屋根は波板トタンで豪雨の日はうるさくて、一緒に入ってる弟が何言ってるか聴こえなかった。夜中にネズミが出て、石鹸に歯形がついていたこともある。曇りガラスにはよくヤモリが張り付いていた。そういうボロで野蛮な風呂に、そういうものだと思って入っていた久住一家。三多摩土人だ。でも今思い出していたら、妙に楽しそうじゃないか。豊かさっていったいなんだ？

何やら道が左側の川とともに左に大きく曲がり出した。行く手に低い山が連なっている。これはおかしい。京王線はさっき右手のほうに行ったよね。絶対におかしい。ボクは引き返さず、右手の路地に入った。舗装されているが、道はかなりの急勾配。だが勘だと、これを登った方角に、京王線が見えるはずだ。

どんどん登って、一番上に着くと、「かたらいの路　高尾大戸コース」と書いた棒杭の立っている、細い山道がある。これを行くしかないだろう。ずいぶん遠回りをしているようだ。でも木立の中に入ると、とたんにひんやり涼しい。道は最初、尾根道になっていて、緩やかに登ったり降りたりしていたが、急に尾根を逸れて下りだした。下りだしてみると、どんどんどこまでも下る。ボクはいつの間にこんなに高いところまで登っていたんだろう？

さらに降りていくと、この山の側面を走っている京王線の線路が見えた。よかった。ボクは線路のひと山向こう側をゆるゆる登っていたのだった。まあ、予想外の山道を歩けたんだからよしとしよう。道は京王線に沿って、高尾山口のほうに向かい始めた。小さな神社があって、そこから急な階段で地表に降りた。そこで京王線をくぐって、向こう側に出た。川が流れている。高尾山口に続くのはこの川だ。最初に沿った川が違った。これがサバイバルならオオカミの餌食になって死んでる。狭い住宅地を抜けると自動車道があった。甲州街道に違いない。素直にこっちを歩けばよかった。いやいや、無駄足と道草こそ一人歩きの醍醐味だ。と負け惜しみ。

十一時五十分、高尾山口駅に到着。お昼になってしまった。どうしよう。

朝から何も口にしていない。山を下ったら蕎麦にすると決めていたので、別のものを食べようと思い、時間もないので目の前に見えた「イタリアン・ふもとや」に入った。「国産ニンニクと赤唐辛子のスパゲティ」を頼む。これが予想を超えておいしかった。コーヒーとシャーベットまでついている。

店の窓が開いていて、外はしたたる緑、外気が流れ込んでいて、呼吸が深くなる心地。空気が明らかに三鷹より澄んでいる。少し離れたイチョウの木に銀杏がたくさんなっているのが見える。空がますます真っ青だ。日陰にいるぶんには、最高に気持ちいい秋日和。店は空いていたが、若い女の子三人グループや、親子、老夫婦がいて、みんな楽しそうだ。間違いなく全員高尾山観光客だ。これから登るんだろうか。でも登山ぽい服装は少ない。皆ケーブルカー登山か。

山に登る前に、こんな店で悠然とスパゲティを食べ、デザートまでいただいてる自分に「余裕じゃん」と思う。高尾山に来て登る前にこんなことするのは初めてだ。でも高尾駅から遠回りにひと歩きしてきたので、ここで休んで腹にものを入れたのは正解だったと思う。トイレにも行って、心身ともに準備を整えて山に入ることができた。低山だけど。

いざ山頂へ

土産物屋や蕎麦屋の並んだ参道のような通りを抜けて、実際の登山口に着く。土産物店がみんなきれいになっているような気がする。例の「ミシュラン効果」なのだろうか。ケーブルカー乗り場のあたりも小ぎれいになっている。前はもっとボロかったような。気のせいか。

大きな地図看板があり、いろいろなコースが記されている。ここからは一号路、六号路、稲荷山コースとあるが、ボクは昔「びわ滝コース」と呼ばれた六号路を行くことにした。小学校高学年が登るコースだ。三・三キロ、所要時間上り九十分下り七十分と書いてある。そんなに短かったっけ？　楽勝じゃん。いやいや、山はナメたらいかん。

細くなだらかな坂の道を歩き出す。いきなり空気がひんやりする。天然のクーラーだ。やがて樹々の匂い、草の匂い、土の匂いに全身包まれる。でも土の道は多くの人に踏み固められて、とても歩きやすい。人がいないのもいい。雨の予報で、今日はやめた人も多いのではないか。ラッキー。ヤッホー。いい歳してなんだか浮かれている五十五歳。

十分ほど歩くと、琵琶滝があった。お、お堂もきれいになっている。ここは水行道場もやっていて、一般の人でも申し込んでお金を払うと、白装束で滝を浴びることができる。滝自体は、黒い岩肌を数メートル水が這い落ちてくるだけの、ごく小さな滝だ。でも水は相当冷たいに違いない。やってみたいとはちっとも思わない。滝の細かな飛沫を浴びマイナスイオンを浴びた気になって、満足して山道に戻った。しばらく登る。勾配が緩く、全然疲れない。右手に沢が現れ、水の冷気が一段と山登りを心地よくさせた。流れる水はすくって飲んだらおいしそうなほど透き通っている。沢に架かる木の橋は、架け直したばかりなのかまだ新しく、ヒノキの香りが立ちのぼっている。道には木の根がウネウネと浮いていたが、足を取られて転ぶような邪魔さではない。これらもまた人々の靴の裏によって磨き込まれて、ツヤが出て美術品のようだ。道は沢の水でビチャビチャしてきたが、五十センチ四方の四角い石が、飛び石のように並べてある。その上を歩けば、水に濡れることも無い。変化があって歩くのが楽しい。よくできている。昔はこんなのは絶対なかった。ミシュラン効果か。そればっか言い過ぎ。飛び石の左右には、途中、ときどき木の低い踏み台みたいなのが作ってあって、最初なんだろうと思ったけど、頂上と麓から歩いてきた人のすれ違いスペースだ。なんて親切な。

いつのまにか道の水は無くなり、土の山道が続く。時々降りてくる人と会った。小さな声で「コンニチハー」と言い合う。昔は山のこれがいやでいやでたまらなかった。なぜだろう。今はそうでもない。大人になった。歳をとった。

前から小学生の集団が現れた。先生と思われる大人が「すいませーん、しばらく続きまーす。ご迷惑かけまーす」という。一列になっているので、すれ違い切るまで、たしかに長い。頂上でお弁当を食べての帰りだろう。みんな元気だ。挨拶する子もしない子もいる。ボクはできない子だった。できないからキライになったのかもしれない。「あいさつ」というと「しなさい」が繋がるような、上からさせられる規則感が、いやだったような気もする。「あいさつしよう」という明るい道徳感も、なんだか馴染まなかった。今はそうでもない。ジジイになった。

山頂が近づくと、木の階段が始まった。「出たか」と苦々しく思う。丸太を横にした階段。道が急勾配になってきたということだ。急にキツくなる。上っても上っても階段。足の筋肉に負担がかかる。汗が噴き出てくる。低山とはいえ、山は山だ。そう簡単には頂上に着かせてもらえない。そしてこの苦しい階段を上り切ったかと思うと、短いなだらかな道を経て、再び階段登山になることもボクは知っている。無理しないで、時々立ち止まって水を飲んで、また上る。

だんだん頭上が明るくなる。山頂が近い。苦しい。膝の内側あたりが痛くなってきた。

リフトで一気に下山！

ようやく山頂到着。午後二時三分。約八十分ぐらいで登頂したことになる。あー疲れた。山頂の広場は昔のままだ。遠足ではここでお弁当を食べた。もっと広かったような気がするけど、自分が小さかったからだろう。

二十三区方面を見ると、周囲に人がいたのに、思わず「おーっ」と声が出た。八王子、立川のほうまで街並みが物凄くクリアに広がっている。こんもりした緑は多摩丘陵だろうか。新宿高層ビル街も見える。冬には見えるらしいスカイツリーまでは見えなかったが。

山頂西側から見える山梨方面の山々も、手前の深緑色から青緑、濁った水色、薄青と、色紙を重ねていくような稜線の連なりが、今度は思わず「うーん」と唸るほど美しい。最高の日和に来られた。しばらく日陰で休む。人は出ているが、混雑というにはほど遠い。冷たい水を買ったが、山頂でビールなど飲む気にはまったくならない。「……ビアガーデンはどこだ？」と汗を拭き拭き小声で言っているオッサンがちらほらいて、おかしい。どっかで読んで、飲む気満々で登ってきたな。ふふふ。

二十分ほど山頂にいて、薬王院まで下山。一応お賽銭を入れ、さらに下って、ケーブルカー発着所。ここに展望ビアガーデンがあるのだよ、飲ん兵衛さん。でも十月上旬で閉鎖されている。眺望はいいだろうが、ボクは全然興味ない。それよりボクはここのリフトで帰るのが最高に楽しみだったのだ。森の中をリフトに座って下るのは、神様の手のひらに乗って地上に降りていく気分。そしてすごく長いのがまた嬉しい。両側は鬱蒼とした高尾山の樹々。そして前には三多摩から東京方面の街が見えている。高尾山は三多摩原人にとって西の要だ。

降りたら蕎麦屋のトイレで汗をかいたTシャツを着替えて、手や顔を洗って、それから冷たいビール。そしてとろろ蕎麦だ。

旅上

萩原朔太郎

はぎわら・さくたろう
1886年群馬生まれ。詩人。1913年、同人誌「朱欒（ざんぼあ）」に詩「みちゆき」他5編が掲載され、詩壇デビュー。14年に室生犀星、山村暮鳥と3人で人魚詩社を創設。17年処女詩集『月に吠える』を刊行し、口語自由詩の完成と賞賛された。1942年没。

ふらんすへ行きたしと思へども
ふらんすはあまりに遠し
せめては新しき背廣をきて
きままなる旅にいでてみん。
汽車が山道をゆくとき

みづいろの窓によりかかりて
われひとりうれしきことをおもはむ
五月の朝のしののめ
うら若草のもえいづる心まかせに。

夏

中原中也

なかはら・ちゅうや
1907年山口生まれ。詩人。小林秀雄、永井龍男、河上徹太郎、大岡昇平らと交遊があった。1934年、第一詩集『山羊の歌』を自費出版。1937年没。翌年、小林秀雄に託されていた詩稿が『在りし日の歌』として出版された。

私が貧乏で、旅行としいへば殆んど夏にしかしないからかも知れない、……夏と聞くと旅愁が湧いて来て、却々「夏は四季のうち、自然の最も旺んなる時なり」どころではない、なんだか哀れにも懐しいといつた風で、扨この夏はどうしようかなと思ふと、忽ちに嘗て旅した何処かの、暑い暑い風景が浮んで来て、おもへば遠く来つるかなと、そいつた気持に胸はふくらむで来るのである。

ゆらりゆらりと、柳が揺れてゐる、時々校庭を通り過ぎるのは小使か何かで、とまれ生徒ではない。場の入口から、時々水を飲みに、剣道用の繻絆姿で現れるそれは選手だから暑中休暇も帰省しないで道場にゐるといふわけでつ繻絆の前をハダけて、靴をツツかけて水を飲みにゆく。そして、なんのことはない、私の顔を見ると人懐つこさうに勇ましがつてゐる。校庭は幾分赤味の勝つた砂の色で、閉ざされた教室々々の窓の硝子は雲母のやうに照れ返つてゐる。――これは嘗て旅行の途立寄つた兵庫県は御影師範の記憶である。私の中学の時の修身の先生が、今でもその師範の倫理の先生をしてゐて、其処の、学校の役宅にゐる。先生には今以て子供が出来ず、先生は夏はアッパッパーを着て読書をしたり午睡をしたりしてをられる。奥さんは、退屈さうだ。だが夕方が来ると、先生ははだしになつて家のまはりや庭に水を撒かれる、奥さんはかひがひしく夕餉の仕度をされる。私も水撒きの手伝ひをする。井戸からつるべで水汲むのだが、冷してある水瓜にあたらないやうに、つるべ槽を下ろさなければならない。暫時水瓜を上げておいてからすればいいのだけれど、先生は今日のみならず、何時でも水瓜を冷やしてある時は、冷やしたまんまで水を汲まれるのが常らしいから、一寸それを変更してはならないものの如くである。

　芸もないことを書いて失敬。夏が来ると思ふと私の裡に浮んでくる感慨を書きたかつたのだが、その感慨といふのが、凡そ話になぞなる種類のものではなく、忽ちに変る停車場のプラットホームの一瞬の景色が、其の後永く印象に残つて、たつたそれしきのことにもせよ、眼に浮ぶたびには身も世もあらぬ気持になつたりもするのであるが、それを描き出さうといふには、私の筆はあんまり拙い。由来、その点、身も世もあらぬ思ひもあらば、また何かの形で、歌となつて出ることもあるであらうといふ、はかない念願を抱懐することに終つてゐる。

　今年も旅をするであらう。今年は多分日向に赴く。若山牧水の生地の直ぐ隣りの部落に友人がゐて、来いといふ。行けばまた酒を飲むであらう。酒は殊に夏、私を非常に衰弱させるが、それで希はくは飲みたくないものだが、夜になつて月が山の端にのぞくと、詮方もないことだ、私は飲み出してしまふのである。

　前長州に下りて、青少年の日に一時暮した西光寺だの、其処から中津の町までポコする土手の上の道、右は塩田で、塩焼く煙がボヤボヤと立ちのぼり、彼方に低い低い山が連り、左は国東半島である、その西光寺と中津の町の中程に、豊前豊後の国境を誌す石塚があり、夏の真昼は人ッ子一人通ることもなく、汗を拭き拭き私が独り通るであらう。その時東京の友達――つまり現在の友達が急に懐かしくなつたりするであらうが、また一方、却々おめおめ東京へなぞ帰るべきではない、此の道往いて中津の町に、到りなば酒亭に寄つて、其処な女と今日半日を、なごやかに語り暮らすこそ人間本懐であるといふ気もされて来て、またポコポコのその道を、照りつける陽の下を歩みつゞけてゆくでもあらう。――ともかく豊前長州で下車してみたい。

昔ゐた所に、わざわざ行つて再びみるといふことは、概してあんまりよいことではない。しかしもう見ないで終るであらうと思ふことは、せつない。ほんといつたら其処に用事が出来て、行かなければならなくなつて行くことが最もいいのだが、例へば今の豊前長州やその一帯に、私は一生用事が出来さうもない。而も私にとつて何かしら其の辺は思ひ出が濃い。とまれ今夏日向に赴く時は下車したい。今かう書いてゐると日向の方は忘れてしまひさうなくらゐ豊前長州には下りてみたい。而も下りたとして、私はその埃りの道に困るだけのことになるかも知れない、――回想的な気持でなんかなしに暮すことこそ、濃い回想を抱くことにもなるのであらうから、なまなか昔ゐた所をも一度なんと思つて下車することは多分愚劣であらうが、下車するであらう……。

このやうにして、毎年私の夏が過ぎる。濃い青空に、濃い白雲がギラギラ光つて、おもひばかりが一杯で、私には、なにが何やら分らない。

夜の旅

若菜晃子

わかな・あきこ
1968年神戸生まれ。編集者、文筆家。『mürren』編集・発行人。雑誌編集者を経て独立。山や自然、旅に関する雑誌や書籍の編集、執筆。おもな著作に『東京近郊ミニハイク』『徒歩旅行』『東京甘味食堂』『街と山のあいだ』『旅の断片』など。

夜というものはいつも不安だ。
旅においても夜はいつも不安だ。特に夜の移動には不安と緊張がついてまわる。本当はなにも夜に移動しなくてもよいのだが、旅において夜、移動するのは、どのみち夜は眠ってしまうのだから、その間に移動しておけば一石二鳥ではないかという考え方で、かくして旅は夜となる。ことに海外においては、移動の多くは夜の道行きである。

　昼間を過ごした町を出て、早い夕食を済ませ、日が暮れて薄暗くなったなかを、寝台列車の出る駅へ、長距離バスの乗り場へ、船の停泊する港へと、重い荷物を背負って歩いていくのは、なにかひどく張りつめた、息苦しい心地のするものだ。

　そこには、暗いとか危ないとか見えないとか、夜本来のこわさに対する本能が働いているのかもしれない。ましてや異国の夜である。見知らぬ人々と夜をともに移動する緊張感、いつもと違うことをしている不安感、そして、ここではないどこかへ行こうとしている寂寥感。あらゆる感情がないまぜになって、沈黙してしまう。

　あるいは、家や宿で静かにしていなければいけない時間に動き回っていることに対する罪悪感かもしれない。自分がいるべき場所に今いないというおそれの気持ち。しかし、その気持ちのどこかに、わずかに高揚感も認められる。日常をはみ出した、別世界へのちょっとした冒険に出かける気持ちともいえようか。

　実際には、乗り物に乗り込んだ後にするべきことは多い。まず今晩の寝床を確保し、そこを少しでも自分仕様に整え、未知の夜から身を守る小さな巣を作らねばならない。多くの場合、夜行は清潔で簡素で、安宿に泊まるよりもむしろ快適で、すぐにお気に入りの居場所となる。

そして長い夜を過ごすために、買い忘れた嗜好品を買いに出る。海外の乗り物は日本と違い、時間どおり発車ということはまずなく、しかも前兆なく突然動き出すので油断ならない。横目で見張りながら手早く買い物を済ませ、急いで戻る。

座っていると、今度は物売りが回ってくる。じっくりと眺め、イエスだのノーだの言う。同じような旅人が乗り込んでくることもあるが、ほとんどが現地の人々で、夫婦や家族連れで長距離を移動している人が多い。目が合うと、わかっているよ、というように軽く頷いてくれる。

そしてようやく落ち着いた頃には、もう乗り物は動き出す。

初めのうちは、駅や広場や波止場の光がゆったりと動く窓の外に明るく輝いていて、町や人の気配を感じるが、それもしばらくで後方へと過ぎ去り、周囲は暗闇となって、なにも見えなくなってしまう。

大抵はこのあたりで日中の疲れが出て寝てしまうが、絶え間ない振動で必ずまた目が覚める。夜中の一時二時、窓の外は変わらず暗闇でなにも見えない。しかしその暗闇に目を凝らすと、徐々にいろいろなものが見えてくる。

たとえばそれは、山の端に鈍く光る丸い月だったり、月の光に浮かび上がるサボテンだったり、なにもない荒涼とした砂漠だったり、遠くにぽつりと見えるあかりだったりする。いずれにせよ、見知らぬ大地が、暗がりのなか、猛烈な速さで目の前を飛びすさっていく。そのどこまでも続く夜を見ていると、今、自分は確実に日常とも日中とも違う次元にいると感じる。そうしていつしかもろともに、深い夜の底に沈んでいく。

さまざまな出来事が起きる昼間には感じることのできない、はてしない時間空間を夜は感じさせる。それは夜にしかないはてしなさであり、得もいわれぬさびしさでもあるが、同時にどこか心地よい、涼やかな感覚でもある。夜という時空のどこかで、今、存在している自分。

私は寝ているのか起きているのかわからない、ぼんやりとした頭で思う。

いつまでもこうして夜が続いてほしい。

蝗《いなご》の大旅行

佐藤春夫

さとう・はるお
1892年和歌山生まれ。詩人、小説家、評論家。おもな著作に『殉情詩集』『田園の憂鬱』『都会の憂鬱』『退屈読本』など。1960年文化勲章受章。1964年没。

僕《ぼく》は去年の今ごろ、台湾《たいわん》の方へ旅行をした。

台湾というところは無論「はなはだ暑い《チン・ゾア》」だが、その代り、南の方では夏中ほとんど毎日夕立があって夜分には遠い海を渡《わた》っていい風が来るので「なかなか涼しい《カ・チウチン》」だ。夕立の後では、ここ以外ではめったに見られないようなくっきりと美しい虹《にじ》が、空いっぱいに橋をかける。その丸い橋の下を、白鷺《しらさぎ》が群をして飛んでいる。いろいろな紅や黄色の花が方々にどっさり咲《さ》いている。眩《まぶ》しいように鮮《あざ》やかな色をしている。また、そんなに劇《はげ》しい色をしていない代りに、甘《あま》い重苦しくなるほど劇しい匂《におい》を持った花もどっさりある――茉莉《パクリ》だとか、鷹爪花《キエヌニアンホア》だとか、素馨《スウヒイエン》だとか。小鳥も我々の見なれないのがいろいろあるが、皆《みな》、ラリルレロの気持のいい音を高く囀《さえず》る。何という鳥だか知らないが、相思樹のかげで「私はお前が好きだ《コア・ティヤ・リィ》」と、そんな風に啼《な》いているのもあった。……こう書いているうちにも、さまざまに台湾が思い出されて、今にももう一度出かけて行きたいような気がする。台湾はなかなか面白いいいところだ。

で、僕が台湾を旅行している間に見た「本当の童話」をしよう。

僕は南の方にいたので、内地への帰りがけに南から北へところどころ見物をしたが、阿里山《ありさん》の有名な大森林は是非《ぜひ》見ておきたいと思ったのに、その二週間ほど前に、台湾全体に大暴風雨があって阿里山の登山鉄道が散々にこわれてしまっていたので、とうとうそこへは行けないでしまった。それで、その山へ登るつもりで嘉義《かぎ》という町へ行ったのだが、嘉義で無駄《むだ》に二日泊《とま》って、朝の五時半ごろに汽車でその町を出発した。

いい天気だった。その上、朝早いので涼《すず》しくて、何とも言えない楽しい気がした。僕は子供の時の遠足の朝を思い出しながら気が勇み立った。大きな竹藪《たけやぶ》のかげに水たまりがあって、睡蓮《すいれん》の花が白く浮《う》いているようなところを見ながら、朝風を切って汽車が走るのであった。

確か、嘉義から二つ目ぐらいの停車場であったと思う。汽車が停ったから、外を見ると赤い煉瓦《れんが》の大きな煙突《えんとつ》があって、ここも工場町と見える。このあたりで大きな煙突のあるのは十中八九砂糖会社の工場なのである。その時、そこのプラットホオムに四十五六の紳士《しんし》がいて、僕のいる車室へ乗り込《こ》んで来た。その後から赤帽《あかぼう》が大きなかばんを持ち込む。そのまた後から別にまたもう一人のいくらか若い紳士が這入《はい》って来た。年とった方の紳士というのは、すぐ私のすじ向うの座席へ腰《こし》を下した。この人はおなかの大きな太った人で、きっと会社の役員だろうと僕は思った。赤帽のあとから来た紳士は貧相な痩《や》せた人であるが、この人は腰をかけないで太った紳士の前に立ったままつづけさまに幾《いく》つもお辞儀《じぎ》をしていた。この人もきっと会社の人で、上役が旅行をするのを見送りに来たのに違《ちが》いない。これはこの二人の風《ふう》采《さい》や態度を見くらべてもよく解《わか》る。太った紳士が金ぐさりのぶらさがったおなかを突《つ》き出して何か一言いうと、痩せた紳士はきっと二つづけてお辞儀をした。汽車は五分間停車と見えてなかなか動き出さない。二人の紳士はもう言うことがなくなったらしいが、痩せた方の人は発車の合図があるまではそこに立っているつもりと見えて、車室の床《ゆか》の上に目を落したまま、手持無沙汰《てもちぶさた》に彼の麦稈帽子《むぎわらぼうし》を弄《もてあそ》んでいた。

僕は先刻からこの二人の紳士を見ていて、それからこの痩せた紳士が慰《なぐさ》みにいじっている麦稈帽子に何心なく目を留《と》めたが、見ると、この帽子の頭の角のところに一疋《ぴき》の蝗《いなご》がじっと縋《すが》っていた。それは帽子が動いても別にあわてる様子とてもなくじっとしている。今に、この痩せた紳士が自分の帽子にいる虫に気がついて、払《はら》い落しはしないかと、僕はなぜともなく蝗のためにそれが心配だったが、帽子の持主は一向気がつかないらしかった。

突然《とつぜん》、発車の鈴《すず》がひびくと痩せた紳士は慌《あわ》てて太った紳士にもう一度お辞儀をしておいて、例の麦稈帽子を冠《かぶ》ると急いで向き直って歩き出した。その刹那《せつな》に、今までじっとしていた蝗は急に威勢《いせい》よく、大飛躍《だいひやく》をした。古ぼけた麦稈帽子からひらりと身をかわすと、青天鵞絨《あおビロオド》の座席の上へ一気に飛び下りた。

「田中君！」

太った紳士が急に何か思い出したらしく、僕のわきの窓から首を出して、痩せた紳士を呼びとめた時には、汽車はもうコトコトと動き出していた。しかし太った紳士がその隣《となり》から慌てて立ち上ろうが、汽車が動き出そうが、太った紳士が再びその傍《かたわら》へ大きなお尻《しり》をどっかと下して座席が凹《へこ》もうが、二等室の一隅《いちぐう》、ちょうど私の真向うに陣取《じんど》った例の蝗は少しも驚《おどろ》かなかった。長い二本の足をきちんと揃《そろ》えて立てて、蝗はつつましくあの太った紳士の隣席《りんせき》に、その太った紳士よりは、ずっと紳士らしく行儀よく乗っかっている。

僕は汽車に乗り込んだ蝗を見るのは生れて初めてである。田中君の帽子から汽車へ乗り換《か》えた蝗のことを考えると、僕は――子供のような気軽な心になっている僕は、可笑《おか》しさが心からこみ上げて来て、その可笑しさで口のまわりがもぐもぐ動いて来る。僕は笑いころげたい気持を堪《こら》えて、その蝗からしばらく目を放さなかった。いったい、この蝗はどこからどんな風に田中君の帽子へ飛び乗ったか。そうしてこの汽車でどこまで行くのだろうか。台中の近所は米の産地だからそろそろ取入れが近づいたというのでその地方へ出張するのだろうか。それともこの蝗はどこか遠方の親類を訪ねるのだろうか。それともまたほんの気紛《きまぐ》れの旅行だろうか……。

汽車は次の停車場に着いた。四五人乗り込んだ。下りた人もあった。しかし蝗はじっとしてまだ遠くまで行くらしかった。その次の停車場でも、もう一つその次のでも下りはしなかった。やはり最初のとおりに行儀よく遠慮《えんりょ》がちにつつましく坐《すわ》っていた。新聞を読むのに気を取られている乗客たちは、誰《だれ》一人この風変りな小さな乗客には目をとめなかった。これが結局この小さな乗客には仕合せであろう。

それにしてもこの蝗はどこまで遠く行くつもりであろう。もう今まで来ただけだって、人間にとっては何でもない遠さだが、彼にとっては僕が東京から台湾へ来たぐらい遠い旅であるかもしれない。それから、僕はそんなことを考えて見た。僕が東京から台湾へ来たのだって、世界を漫遊《まんゆう》した人にとってはほんの小旅行に相違《そうい》ない。更《さら》に、人間よりもっとえらい者——それは何だか知らないが、もしそんな者があって、さまざまな違った星の世界を幾《いく》つもまわり歩いて来たとしたならば、そのえらい者にとっては人間の世界漫遊などは、たかの知れたほんの小さな星の上を一まわりした小旅行に過ぎないであろう。蝗の目には人間は見えないかもしれない。同様に人間の目には人間よりずっと大きなものは見えないかもしれない。僕らが汽車と呼んでいるものとても、ひょっとすると、僕らには気のつかないほど大きなえらい者の「田中君の麦稈帽子」かも知れたものじゃない。……

僕がそんな事を考えているうちに、汽車はどんどん走ってやがて僕の下車しようという二八水の停車場の近くに来た。僕は手まわりの荷物を用意してから、向側にいるあの風変りな旅客の方へ立って行った。

「やあ！　蝗君、大へんな大旅行じゃありませんか。君はいったいどこまで行かれるのです。真直《まっす》ぐ行けば基隆《キールン》まで行きますよ。基隆から船で内地へ行かれるのですか。それとも別に目あてのない気紛れの旅行ですか。それなら、どうです？　僕も旅行家ですが僕と一緒《いっしょ》に二八水で降りては。そこから僕は日月潭《じつげつたん》という名所を見物に行くのだが、君も一緒に行こうではありませんか。」

僕は心のなかで、蝗にこう呼びかけながら、僕は緑色のうらのあるヘルメット帽を裏がえしにして、その緑色の方を示しながらこの小さな大旅行家を誘《さそ》うて見た。この旅行家が常に緑色を愛していることを僕は知っているから。しかし、蝗は外《ほか》に用事があるのか、日月潭の見物は望ましくないのか、僕の帽子へは乗ろうとはしなかった。

汽車を下りる僕は、出がけにもう一度その蝗の方へふりかえって、やはり心のなかで言った——

「蝗君。大旅行家。ではさよなら。用心をしたまえ——途中《とちゅう》でいたずらっ子につかまってその美しい脚《あし》をもがれないように。失敬。」

世界の中心

星野博美

ほしの・ひろみ
1966年東京生まれ。ノンフィクション作家、写真家。2001年『転がる香港に苔は生えない』で大宅壮一ノンフィクション賞受賞。おもな著作に『コンニャク屋漂流記』(読売文学賞随筆・紀行賞受賞)『世界は五反田から始まった』(大佛次郎賞受賞)など。

結局、自分にとって旅とは何なのだろうか？　これまで自分は旅行好きなのだと勘違いしてきたが、本当はあまり好きではないほうだと思う。

旅行は、計画を立てたりイメージを膨らませたりしている時が一番楽しい。それは、ここから抜け出せるんだ、という脱出願望が満たされ、一方では安全な日常に守られているという、都合のいい状態だからだ。空想ならどこへでも出かけられる。

できることなら、いつまでも地図だけを見ていたい。

実際に出発日が近づいてくると「本当に行かなきゃならないのか」と次第に憂鬱になっていく。一歩旅行に踏み出してしまえば、安全な日常に逃げこむことはできない。想定していなかった事態が次から次へ押し寄せても、自分で対処しなければならない。天変地異が起きて飛行機が飛べなくなりますように。突然日本との関係が悪くなって日本人の入国が禁止されますように……。そんな不謹慎なことを真剣に祈ったりもした。

それほどいやなら旅行など金輪際しなければいいのだが、それでも出かけていったのは、逆説的な言い分になるが、それほど外に出るのが嫌いな人間だからこそ外に出なければいけないのではないか、という思いがあったからだった。

旅先で私は、この村やこの島から出たことがないという人たちと出会った。

「あなたはどこにでも行けるのね」

中国である女性にそういわれた時、自分でもびっくりするほどの衝撃を受けた。自分の意思でどこへでも出かけられるわけではない彼女は、何の悪気もなく、羨望をこめてそういったに違いないのだが、私にはそれが同情、ともすると憐れみに聞こえた。

確かに私は、そこまで行けるだけの経済的自由と、出国や移動が制限されていない政治的自由を持っていた。でもだからといって、私が彼女より自由だとは限らない。

「ここ」にいながらしっかり自分の姿を見つめる彼女と、「ここ」から遠く離れてもまだ、自分の姿が曖昧にしか摑めていない自分。

「あなたはどこにもいないのね」

彼女からそういわれたような気がした。

どこへでも行くということは、どこにもいないことに似ている。自由が増え、選択肢が増えれば増えるほど、世界の中心がどこか遠くへ行ってしまうような気がする。

「どこにも行きたくないぜ！」と堂々といえる人になりたい。旅など必要としない、ゆるぎない人になりたい。

そんな生活が、いくぶんかの退屈や倦怠感を伴うのだとしても。

行って楽しむ行楽弁当

東海林さだお

しょうじ・さだお
1937年東京生まれ。漫画家、エッセイスト。『新漫画文学全集』『タンマ君』で文藝春秋漫画賞受賞。講談社エッセイ賞受賞の『ブタの丸かじり』をはじめとする「丸かじり」シリーズが大人気。その他おもな著作・漫画作品に『アサッテ君』『花がないのに花見かな』など。

いよいよ行楽の秋。

と言われると、

「そうかぁ、行楽の秋かぁ」

と口に出して言い、思わず両手を高く差し上げて背伸びのようなことをすることになる。

解放感、というのかな、そういう響きが〝行楽の秋〟にはある。

行楽の秋、と聞いて急にうなだれ、しょんぼりする人は少ない。

楽しそうなイメージがあるんですね、行楽の秋には。

なにしろ〝行〟、そして〝楽〟、ちゃんと楽という字が入っている。

とりあえずどこかに行く、行って楽しむ。

高尾山、なんて場所が頭に浮かぶ。

ま、どこだっていいのだが、手近なところで高尾山。

高尾山といえばケーブルカー。

眼下に紅葉、見渡せば山々の連なり。

目の前を赤トンボなんかにスイーッと飛んでもらってもいいな。

やがて頂上。

とくれば弁当。

朝、家を出て電車に乗って高尾山口駅に着き、ケーブルカーに乗って山道を歩いて頂上に至るとちょうどごはんどきになる。

で、弁当。

行楽弁当というものはこういうときのためにある。

駅弁などは、買ってきて家で食べても駅弁だが、行楽弁当は家で食べると行楽弁当にならない。

家の近くの公園で食べても行楽弁当にはならない。

行楽弁当には距離が必要なのだ。

距離と景色。

高尾山の頂上の、見晴らしのよいベンチにすわって行楽弁当を開く。

見はるかす錦繍《きんしゅう》の山々。

足元にススキ、コスモス、彼岸花。

見上げれば澄みきった秋空、白い雲。

そこんところへ、さっきの赤トンボに飛んできてもらってもいいな。

このときの行楽弁当は、ちょっと奮発してデパートで買ってきた2000円ぐらいのやつにしたい。

そいつの包みを開く。なにしろ2000円だから豪華、色とりどり、おかずいっぱい。

ふつうの弁当ではめったにお目にかからない鴨肉なんかも入っているし、鮑《あわび》らしきものも入ってるし、松茸、の形をしたカマボコなんかも入っている。

いきなり箸をつけたりしません、ひととおりじっくり見ます、2000円だと。

山頂で食べる行楽弁当の良さは、ゆったり落ちついて食べられるところにある。

これがもし花見弁当だったら少し忙しくなる。

時には花を見上げなければならないし、誰かの歌に手拍子も打たなければならない。

なにしろ手拍子であるからそのつど箸を置かなければならない。

野球見物のときの弁当は、弁当も気になるが眼前の野球も気になる。

芝居見物のときの幕の内弁当も同様。

駅弁なら落ちついて食べられるかというと窓外の景色が気になる。

しかもその景色が、目まぐるしいスピードで移り変わる。

その点、山頂での行楽弁当は、心静かに弁当と向き合って食べることができる。

なにしろ景色が変わらない。

何べん見ても変わらない。

何べん見ても、さっき見た景色がそのままそこにある。

だから弁当に専念することができる。

まず弁当全体をじっくり見る。

そして全体の位置を正す。

持ち歩いて寄っているところを定位置に戻す。

牛肉が何枚か重なって入っていて、よじれているのがあれば正し、ついでに何枚あるか数える。

ゴハンにイクラがかかっていて、まばらなところと密度の濃いところがあれば、箸の先で平均にならす。

昆布を干ぴょうで巻いた昆布巻きがあれば、取りあげて中をのぞき、

「鰊《にしん》入ってるな」

と確認する。

コンビニ弁当なら、こうした一連の行為は絶対にしないのだが、山頂における行楽弁当である、ということと2000円である、ということでこうなる。

オープニングセレモニー終了。

まず定番の椎茸の煮たのあたりからいく。

つまみあげてじっくり見る。

「上手に切るものだなあ」

と、十文字の切り込みにしみじみ感心する。

そのあと、こんどは引っくり返して裏も見る。

椎茸の裏はヒダヒダになっているのは誰だって知っている。だけど見る。

その気持ちはわからないでもない。

弁当にはニンジンを花形に切ったのや、レンコンやゴボウの煮たのも入っているのだが、これらのものは引っくり返して見たりしない。裏も表も同じだからである。

椎茸だけは裏と表がはっきり違う。

そのあたりのところに、彼が裏を見ようとした動機がひそんでいるようにぼくには思える（彼って誰のことだかよくわからないが）。

紅白のカマボコがあるが、これは紅から食べるか、白から食べるか。

どっちにしようかな。神様のいうとおり。

あ、こんなところにギンナン。
あ、こんなところに栗。
あ、あんなところに鬼あざみ。
あ、さっきの赤トンボ。
あ、秋風。
いつのまにか箸が止まっている。

愉快なる地図　大陸への一人旅（抄）

林芙美子

はやし・ふみこ
1903年福岡生まれ。28年「女人芸術」に「放浪記」の副題を付けた「秋が来たんだ」の連載を開始。30年『放浪記』が出版されベストセラーとなる。おもな著作に『風琴と魚の町』『清貧の書』『牡蠣』『稲妻』『浮雲』など。1951年没。

1

馬賊！　この小さな日本女が、三百円ばかりの金を、しっかり腹の上に巻きつけて大連へ渡った時、私の頭いっぱいに拡がっていた、馬賊と云う字の妄想は、蹴飛ばしてしまわなければならなかった。

日本と云う国は、小さいくせに、妄想狂が多いのか、私が、ハルビンと上海と南京へ行くと言うと、皆、馬賊だけは注意していらっしゃいと云う。

さて馬賊に注意するには金がなくてはならない。私は三百円の金を、三万円位のつもりに新聞紙に沢山包んで、腹の上に巻いた。

だが、どうも金に縁の薄い私が、金を身につけると、何だか体中がむずむずして、支那へ行くなんて云いだした事が、わずらわしくさえなって、ハルビンのロシヤ人と支那人の町へほうり出されるまでは、内地へ逆もどりする事ばかり考えていた。

だがいったんハルビンの地を、踏むと、私の旅愁はまるで鳥が飛んで行くように遠く離れて、私はもう、ハルビンの地がとてもなつかしいところに思えた。

「ヤポンスキーマダム！」

銀色の頭髪を美しくかきあげた運転手が、駅の前につっ立っている私を見ると、大きく声をかけてくれた。

「ヤポンスキーホテル！」

「ヤポンスキーホテル？　ナゴヤ・ホクマン？」

「ハラショ！　ハラショ！　ホクマン・ホテル！」

腸のはみ出したようなオープンに、トランク一ツの私は当ってくだけろで、日本の一円札を握りしめると、晴々と走り去るハルビンの町を見た。

桃色、緑、卵、単色の女のドレスが、澄み渡ったハルビンの空にうろこのように光って、走り去る街々は、油絵のパレットだ。

「スパシイボ！」

日本の一円札が、大変効果があったものか、運転手君は、呼び声をあげながら、私のトランクをホテルの三階まで持って行ってくれた。

後で女中に聞くと、日本金の一円はハルビンでは約二ドル三十銭位になるから、一ドル三十銭もチップをやった事になると云う話だった。

さてこそ！　運転手君の瞳はキラキラ輝いていた。

北満ホテル！　これは思い出してもなつかしい宿屋だった、女中が二人とも長崎女だが、素朴で優さしくて、私の部屋は北向きで、窓から、バザールの軒が見える。ベッドはおっこちそうに高いのだが、三円の部屋代は、そう高くはない。下はキャバレーで夜更け枕についていると、物語めいた唄が聞える。

ここでは朝鮮銀行の小串任と云う、非常にスマートな美しい青年が、私を尋ねてくれて、知っている限りのロシヤ人を紹介してくれた。

ヴェラ・ワシリエレヴナ・ラチノバ、これはチュウリン百貨店に近い郊外の家主さんのお嬢さんだが、街の、肌の荒いロシヤ女にうんざりしている私の瞳に、とてもとても美しく見えたお嬢さんだった。

珍らしい植物の沢山置いてあるルーフガアーデンの籐椅子で話した事は、実にたわいもない世間話であったが、日本のブルジョワ令嬢よりソウメイな事はたしかである。

「貴女はお国の事どうお考えですか、お国へ帰りたかありませんか！」

すると、ヴェラ・ワシリエレヴナ・ラチノバは、両手を乳房の上において、瞳をキラキラさせながら、

「シベリヤはなつかしい古里ですが、そんな事は聞かないで下さい。」

彼女はハルビンで生れて白色系の父さんを持っている。大きい銀のサモワルが自慢で、彼女の父さんは、箱根で買った実にまずい『日本風俗絵』をひとそろい私に見せてくれたりした。

毛並のフサフサした二匹の犬とピアノと、ささやかな家具と、ヴェラ・ワシリエレヴナ・ラチノバは、温室の薔薇のように美しい。

2

アレクセイ・アレクセイエヴッチ・グリゾフ、これは青年詩人だが、私はこの人の詩よりもこの青年の態度がとても好ましかった。

「私は一人者で、何もおもてなし出来ないが、どうぞ日本の話を沢山聞かせて下さい。貴女の詩を一つ下さると、大変うれしいんですが……。」

部屋の中には、ベッドと洋服だんすと、机と、桃色の壁には、三角で組み合わせた緑と白のシベリヤの旗がピンで止めてあった。このひとの又の名をアチャイル、小麦色の肌の色に、茶のネクタイがとてもよく似合う背の高いアレクセイエヴッチ・グリゾフは、青いラシャ紙の詩集を出して、菊の花咲く国のフミコ・ハヤシへ、雪の国の男、アチャイルと云う署名をして私にデジケートしてくれた。

「どんな話から始めましょう?」

「さあ！　話をしなくちゃならないって憂鬱ですね。貴方も私も言葉が通じないし、私が少し位非常にうまい事を言って、笑わせようとしても、うまく話がとどかないで、深刻な顔をしていらっしゃると淋しいから。」

「マダム・ハヤシは睨みあっている事が好きと見える。」

「アチャイル！　貴方は、女のお友達をどの位、お持ちですか？」

「女の友達？　そうですね、四五人ありますが、これは金がかかって私の貧しい原稿かせぎ位ではおいつきそうもありません。」

「四五人！　それはうらやましい。」

アチャイルは白色系の青年詩人で、あんまりロマンチストすぎる彼はありったけの書いたものを棚から引っぱり出して私に見せてくれた。

「これからの小説は、詩から出発した、線の太いカンケツなものでなくてはいけません。」

彼のつくってくれたコーヒーは大変うまかった。

ハルビンを出発するその夕方、私は佐倉豕二と云うひとと赤色系の詩人をマチャコウに訪ねて行った。別にどんな意味もない、私も会いたかったし、向うも、露西亜新聞に出た私の記事を見て会いたいと云うし、急がしい思いをして、ユカイな気持ちで会った。

通訳は、日露協会学校のアンブリー先生、日本の「改造」なんかすらすら読めるひと、アンブリーアウドースチェンコフの、部屋を借りている、マチャコウは、静かな学者町で、古めかしい白い家が並んでいた。

このお家で会った、赤色系詩人の名前はあいにく失念してしまったが、ロシヤへ帰っても重要なひとだって事だった。東支倶楽部員で、独身者、大変ふけて見えるひとだった。

アンブリー先生は、「私は経済学の方で文学の事は判りませんが、何とか通訳の大意ははたしましょう。」そう云って、私の為に美味しいブドウ酒、男のひと達には、軽いビールを抜いて、乾杯しあった。

「いったい、ソヴェートロシヤの文士や画家や、音楽家は、どう云う風な生活をしていますか?」

「みんな兵隊さんですよ、通信部、計画部、情報部、設計部、働く部署は広いですからね。」

「なるほど、日本の文士たちもそうするといいですね。青びょうたんが居なくなって、もっと早く××は来るでしょうからね。」

「日本にはそんなに青びょうたんの文士ばかりですか？」

「ええみんな青びょうたんですよ。」

「ホウ……貴女はとても面白い。」

「コロンタイが、一時日本の若い人達をフウビしたのですが、お国でもそうでしたか。」

「コロンタイ？　あれは政治家で文士ではない。あれ（赤い恋）は代作で、かなりロシヤでも代作問題でゴタゴタしました。」

なる程、代作問題なんて、どこにでもある事なんだな。いまロシヤで活動している実力のある女流作家は、マリエッター・シャーギニャンと云うひと、詩人で長篇作家で、美術博士、そして職業は、熟練紡績女工だと云う、なんとこれだけの肩書きを聞いただけでも、日本のプロレタリヤ女流作家は腰を抜かす必要がある。

マリエッターは、大変いい家の出であるが途中感ずるところあって、紡績女工になり叩きあげた最もケンジツなる作家だと云う。

「日本ではどんなひとがいますか？」

「日本？　そうですね、マリエッタ一位のひとでは、マダム・タイコ・ヒラバヤシ。これは、おそらくマリエッタ一・シャーギニャンにもまけないでしょう。雪の国の人は非常に強いが、マリエッターも、日本のマダム・ヒラバヤシも雪の国の女です。雪と云うものは、何かすばらしい××性を持っているのでしょう。」

「タイコ・ヒラバヤシ、私の心に大きくしるしましょう。」

外、アンナ・カラワーエワとか、セイフーリナ、又は、ニーナ、スミルノーワなど、ソヴェートの女流作家はランマンときそっているが、「日本のフミコ・ハヤシに似たひとでは、ニーナ・スミルノーワ、このひとは、シベリヤのハムズンと称されていて、貴女の詩に一脈通じるものを持っています。」この詩人は大変私をなぐさめてくれる。アンブリー先生は、四杯目のブドウ酒を、私のコップにつぎかけていらっしゃる。

青春18きっぷでだらだら旅をするのが好きだ　pha

ふぁ
1978年大阪生まれ。文筆家、書店員。著書として『パーティーが終わって、中年が始まる』『しないことリスト』『どこでもいいからどこかへ行きたい』など多数。散歩と短歌と日記が好き。

青春18きっぷで長い時間をかけてゆっくりだらだらと移動する旅が好きだ。

最近ショックを受けたのは「18きっぷで旅行した」という話をすると、「何それ？」と言われたり、「いい年してそんなの使うのは違反でしょ」とか言われたりしたことだ。

僕は学生の頃から格安旅行に必須の手段として常用していたし（関西に住んでい

たので東京に来るときは大体18きっぷか夜行バスを使っていた)、自分の周りもみんな普通に使っていたので、一般常識的なものだとばかり思っていた……。

「青春18きっぷ」はJRが毎年春・夏・冬の期間限定(ちょうど学生の春休み・夏休み・冬休みの期間)で出している、JRの電車が普通列車ならどこでも一日乗り放題になるという夢のような切符だ(一部例外区間はある)。

「青春」とか「18」という名前が付いているけど、別に若者じゃなくても中年でも老人でも誰でも使える。値段は5枚セットで1万2050円だ。つまりこれを使うと1回分たった2410円で、一日で移動できる範囲ならどこまででも行けるというわけだ。始発から終電まで乗り続ければ東京から多分山口県くらいまで1回分で行ける。体力的にかなりキツいけれど。


もちろん普通列車の旅だと移動に時間がかかる。東京から大阪まで新幹線だと2時間半くらいで着くけど、普通列車だと9時間くらいかかる。

でも僕は旅の中で移動中が一番楽しいというか、目的地に早く着いちゃうともったいないような感じがあって、移動が長いのはあまり苦にならない。

電車やバスでの長距離移動中というのは頭を使わずぼーっとするのに最適な時間だと思う。

日常生活の中で何もせずぼーっとするのって意外と難しい。家にいるとつい家事をやらなきゃとか考えてしまったり、テレビやネットを見続けてしまったりする。

それは「何も考えない」というのが難しいのと似ている。「何も考えないでおこう！」と思っても心を空っぽにするのは難しくて、「何も考えない」ということ自体を延々と考えてしまったりする。

だから瞑想《めいそう》なんかでは、心の中に一つの点をイメージしてそこにひたすら意識を集中するとか、手や足をものすごく遅いスピードで動かしてその体の感覚に意識を集中することで心の中を無に近づける、というような技法がある。

そういうのと同じで、乗り物で移動しているときは、車窓を流れる景色をぼーっと見ているだけでなんとなく気が紛れる。移動をしているということでなんか時間を無駄にしていないような気になって、心が穏やかでいられる。

移動中はぼーっとしていてもいいし、何か考えごとをするのもいいし、本を読んだり音楽を聴いたりするのにもゆっくりと集中できる。

移動に時間がかかったほうが遠く離れた場所に行くのだということを体で実感できて好きだというのもある。

鈍行列車での移動は景色をゆっくり見られるのがいい。飛行機や新幹線だと速すぎて景色を楽しめない。

18きっぷで何時間も電車に乗って旅をするたびに「あー、日本ってこんな広い国だったんだな……」と実感する。普段都会に住んでると意識しないけど、日本は本当に山と海と田んぼばっかりの国だ。電車で少しずつ土地を移動していくにつれて、人の話す言葉や服装やうどんの味付けなどが少しずつ変わっていくのを観察するのも好きだ。

だから新幹線や飛行機を使って途中の土地をすっ飛ばしてワープするみたいな感じで目的地に着くよりも、18きっぷで時間をかけて辿《たど》り着くほうが自分の中で贅沢な旅だという気持ちがある。

でもまあ、何時間もずっと電車に乗っていると飽きてくるのも確かだ。座りっぱなしだとお尻も痛くなってくる。だから、僕が一番好きなのは18きっぷでときどき途中下車をしながらする旅だ。

ぼんやりと風景を眺めつつ、イヤフォンで音楽を聴きながら1時間くらい電車に乗って、ちょっと飽きてきたら適当な駅で降りてごはんを食べて、駅の近くの本屋で本を買って電車の中で読んで、飽きてきたらまた適当な駅で降りて喫茶店で飲み物を飲んだりする、というのを延々と繰り返す旅がすごく好きだ。温泉のある街だと駅前に無料の足湯があったりするのでそういうところで休憩するのもよい。

特に用もなく今まで降りたことがない駅で降りてみるのも好きだ。駅前の様子を観察して、「この県庁所在地はこれくらい発展しているのか、大きな本屋とかデパートとか一通りあるし住んでも不自由しなそうだな」とか、「この駅は複数の路線の乗換駅なのに駅前に喫茶店の一つもないのか、次の電車まで1時間半もあるのに厳しい……」とかそういうことを考えるのが楽しい。いろんな街を見てその街でたくさんの人がさまざまな生活をしているんだなというのを想像するのが好きなのだと思う。

そんな風に電車に乗ったり降りたりしながら移動していると、だんだん日が傾いてきて、そろそろ今晩の宿はどうしようかということを考え始める。

宿を探すにはある程度大きな街に行く必要がある。安く一夜を過ごせるネットカフェやサウナやカプセルホテルは、ある程度以上の繁華街にしかない。安いビジネスホテルもある程度以上の都市にしかない。電車の中でスマートフォンを使って地図や路線図やホテル予約アプリを見て、夜を過ごすための大きな街の見当を付ける。

そうやって無事に宿を確保できるとほっとする。よく知らない街の安っぽい寝床で眠りにつく瞬間が一番、「旅だなー」って気分になる。その一瞬の「感じ」を味わうために、僕はときどき旅に出てしまうのだと思う。

上越高田の居酒屋

太田和彦

おおた・かずひこ
1946年、中国北京生まれ。グラフィックデザイナー、作家。資生堂宣伝制作室を経て独立。居酒屋探訪家としても活動。おもな著作に『超・居酒屋入門』『日本居酒屋遺産』『映画、幸福への招待』など。

冬の夕方五時前。信越本線・高田駅に降りるともう暗く、降りる人も少ない。駅近くのホテルに鞄を置き、教えられた居酒屋へ向かった。どこの地を訪ねてもまずそこの居酒屋に入り、土地の空気にひたるのが私の旅だ。

新潟上越市の高田には初めて来た。夜はきちんと暗くなり、人も少ないのが地方都市の良さ。駅前通りから右に入った仲通りは暗く、さあ旅に来たと歩く孤独感がいい。

通りにもれる灯は〈古本誠実買入〉とある「耕文堂書店」だ。〈植物図鑑等入荷していいます〉の貼紙もある。棚にぎっしりの古書は学術文化などかたいものばかりで、奥に眼鏡の老店主が一人。夜おそくまでぽつりと開く古書店のある町か。

雪除けの雁木屋根が続く通り向かいの店灯りは「平八蒲鉾店《へいはちかまぼこ》」。蒲鉾専門店があるのは漁獲の多い証拠。蒲鉾は大好物、人恋しい気持ちもあってのぞき、種類の多さに驚いた。昆布巻はよく見るが、鮭をのせた鮭板、穴子をのせた穴子板、帆立貝の簀巻《すまき》帆立、椎茸煮を卵焼で巻いた錦芳巻《きんぼうまき》などは珍しい。白い身に黒い切れ端が点々とする〈きくらげ板〉を選び、さらに〈作り始めました〉と貼り紙のある〈たこもずく〉、「あ、これも」と〈メギス天〉も購入。メギスは〈ニギス＝似鱚〉とも言う鱚《きす》に似た日本海だけの魚だ。もうお土産を買ってしまった。

その先に、目指すその名も「雁木亭《がんぎてい》」があった。初めての地で居酒屋に入るときほど心おどるものはない。どっしりした店の奥に延びるカウンターに座った。

初めての居酒屋の楽しみは品書きから土地のものをさがすこと。

黒板に〈能《の》生《う》採ドロエビの塩焼・白エビの天ぷら〉、なるほど。

〈能生採幻魚の干物〉は日本海だけの魚ゲンゲだな。

〈直江津《なおえつ》産黒梅貝《くろばいがい》のうま煮〉〈上越産車ぶとみつ葉の玉子とじ〉もうまそうだ。

〈上越特産きくらげ入り蒲鉾バター焼〉はさっきの平八のだろうか。

野菜もとらなきゃ。〈旬・おけさ柿と無花果《いちじく》の白和え〉〈旬・長岡中之島産大レンコン〉〈旬・帛乙女《きぬおとめ》里芋コロッケ〉ね。

「こっちもどうぞ」

「え、まだあるの?」

本日の別ボードが置かれる。

「上越名物〈する天〉て何ですか?」

「ひと塩干しするめの天ぷらです」

「サメのカツは?」

「サメのカツです」

それじゃワカラン。鮫を油で揚げたカツ?

よし、まずは「カワハギの胆和え、ボタンエビ正油漬、する天、白エビの天ぷら、それとこの椎茸」

目の前に盛られた特大椎茸が気になっていた。焦って大量に注文しすぎたかな。おっと、酒を忘れた。そちらのボードは新潟地酒がずらりと書かれ、東京あたりでは名の知れないものばかりなのが好ましい。まずはご当地高田の地酒からいこう。

「スキー正宗《まさむね》、お燗」

「かしこまりました」

注文の大業を終えてやれやれ。

〈カワハギの胆和え〉は胆でわかる超新鮮で量もある。〈ボタンエビ正油漬〉は緑の生若布《わかめ》の上に赤い頭を残してあらわにした下半身がセクシー。〈する天〉は噛み心地と塩味がちょうどよく、直江津ではご飯のおかずなのだそうだ。〈白エビの天ぷら〉はかき揚げと思いきや一尾ずつ揚げた山盛りだ。

「酒の肴にはかき揚げよりも、つまめるこの方がいいと思いましてね」

頭に紺布、紺作務衣《さむえ》の若大将の言う通りだ。

「椎茸焼けました」

いかにも優しいお顔のお母さんの差し出す椎茸焼は、気に入ったものしか出荷しないという頑固な秋山農園の産で「昨日その人来たのよ」と笑う。

そして酒。「スキー正宗　入魂」は、おだやかな旨味がいかにも日本酒を飲んでいる満足感がある。「これは旨い酒だね」と盃を上げると、カウンター端に座っていた紳士が「ありがとうございます」と声をかけた。なんとスキー正宗のご長男で、ご自身は新潟酒を海外に紹介する仕事をされ、蔵は弟が継いでいるとか。「スキマサはうまいんですよ」と若大将も相づちを打つ。高田ではスキマサで通るそうだ。地酒、地の肴をきちんと出す、これはよい店だ。

額に飾る、地元のイラストレーター・ひぐちきみよさんに、当店先代がウチのあたりを描いてほしいと頼んだという、夜の雁木の町を描いたイラストがじつにすばらしい。店のお母さん、息子さん、家族のようなスタッフの温かな雰囲気が町の絵からも感じ取れる。雪に埋まるからこそ人の温かさがよくわかるのか。お母さんに高田の人柄を尋ねるとしばらく考え「おだやかですね、あまり争わない」ともらす。長く雪に閉じこめられていれば、あくせくしても始まらないのだろう。高田っていい町だな。

今来て私のひとつ隣に座った男客に、地元の人は何を注文するかとそっと見ていると、即座に「吟田川と白子ぽん酢」。ではと真似して「吟田川、お燗」、正しくは「ちびたがわ」と言うそうでカワイイ。味はやや硬派。その人は「アルコールのほうをやってまして」と醸造学が専門だそうで、スキー正宗の方と「新潟県醸造試験場のカネオケ先生、ああよく知ってます」と話がはずんでいる。

次の一本は若大将におすすめを聞いてみよう。差し出した「越《こし》の若竹」はしなやかに上品で普通酒とはとても思えない。最近私は派手な吟醸や重厚すぎる古酒にはあき、おだやかに何杯も重ねられる晩酌酒が好きになった。スキー正宗、吟田川、越の若竹はいずれもぴたり。新潟酒の本当の底力を知る気持ちだ。

さて、〆は貼紙の惹句〈嬉しいに付け、悲しいに付け、高田ののっぺ〉が大いに気に入った〈のっぺ〉。里芋、銀杏、椎茸、人参、牛蒡、竹輪など、かすかなトロ味のついたお椀は「お母さ〜ん」と叫びたくなる名品。もう明日東京に帰ってもいいや。

草木と海と

柳田國男

やなぎた・くにお
1875年兵庫生まれ。民俗学者。日本民俗学の確立と普及に努め、その活動は民間伝承の会（のちの日本民俗学会）に受け継がれた。1951年文化勲章受章。おもな著作に『遠野物語』『蝸牛考』『桃太郎の誕生』など。1962年没。

名所崇拝

旅行者にはよい旅行という記念は多いが、よい景色という語はかえって空に聞こえる。松島の海などはかつて小舟で渡った日、沖から雨の横吹きがあって、赤く濁って騒いでいたために、今に自分はなつかしいという感じを抱くことができぬ。せっかく来たのだからと宿にいて日和を待つだけの熱心のなかったのは風流に反するかもしれぬが、暮春初夏の静かなる日の光に手伝ってもらってならば、松島ならずとも多くの島山は皆美しいわけである。とにかくに名所はわれわれにとって、実は無用の拘束であった。

それよりも口癖のように海の風景を説く日本人が、支那の新古の画巻などから趣味の教育を受けているのは存外なものである。窮天平蕪《へいぶ》の野に家居する人民の、奇峰怪石を愛するのは自然の情でもあろうが、われわれは谷の民だ。そうしてまた海から入ってきた移住者の末であり、盆地の窮屈に倦《う》んでいる者である。浜に臨み岬の端に立ってまで、ひねくれた松の樹を歌に詠む義理はない。松は海に親しい木ではあるが、ことに風の力に本性を左右せられやすい。野中の神の社などで出逢うような自由奔放なる大木は、海辺にくると見られない。たまには珍しいというのみで、気の毒ながら木の畸形だ。浜の遊びのおもしろかったなごりに、他に記憶しうるまとまった印象もないために、人が単に松だの岩だのによって、連想の目標をきめるだけである。ヤソ教でいうならば十字架見たようなものだ。

海山は広くのんびりとしているけれども、われわれの庭はせせこましい。しかるにこういう松や岩を賞美する者がよく用いるほめ言葉は、持っていけるものならうちの築山にして眺めていたいなどという、不心得な話である。いい画を見ると真に迫っているというのはよいが、よい風景に対して画のごとしだの、画に描くとも及ばずなどというのは、よほど平凡なる天地に生を受けた大陸人の口まねに外ならぬ。そんな人たちと風景の論をして見たところで、話の合わぬことは始めから知れきっている。

紀行文学の弊

風景は画巻や額のようにいつでも同じ顔はしておらぬ。まず第一に時代がこれを変化させる。われわれの一生涯でも行き合わせた季節、雨雪の彩色はもちろんとして、空に動く雲の量、風の方角などはことごとくその姿を左右する。事によるとこれに面した旅人の心持、例えば昨晩の眠りと夢、胃腸の加減までが美しさに影響するかもしれぬ。つまりは個々の瞬間の遭遇であって、それだからまた生活と交渉することが濃《こま》やかなのである。たぶんあの辺を旅行してみたら、よい機会が横たわっているかもしれぬと、推測し勧説しうる場処はいくらでもあろうが、とてもそれ以上の約束を天然から徴することは不可能である。あるいは見物の方がはなはだしく無我で、聞きしにまさるなどと感歎することがあっても、それはただ西行《さいぎょう》・宗祇《そうぎ》・山陽・拙堂《せつどう》などの、従順なる信者というにすぎぬ。

いつごろから用い始めたか、日本には名勝という語があって、近年法律をもってこれを指定し保存することになっている。名所という俗語の音の転訛ではないかと思う。とにかく名勝は風雅道の霊場、文人伝の古蹟ともいうべきものだが、風景のほうからいえば最も押しの強い押売である。今さら旅人の拘束せらるまじき旧法則である。いわゆる紀行文学のごとき、図書館では地誌の部に置かれながら、いかにも狭い主観の、断独的個人的の記述であることは、すでに心づいた者が多いのであるが、名ある古人を思慕することが、無名の山川を愛する情よりもまさっている国柄では、風景の遇不遇ということがことに大きな意味を持つ。水陸大小の交通路はもとより、絵葉書も案内記も心を合わせて、今古若干の文人の足跡ばかりを追随させ、わけもない風景の流行を作ってしまった。風景自身にとってはむしろ顧みられぬのは本意かもしれぬが、静かに田舎に住んで天然の美しさを学ぼうとする者のためには、無用の誘惑でありまた有害な錯乱である。

天然の観賞だけなりとも、せめてわれわれは態度の自由を保ちえたいと思う。都会人の具えた感覚の力の中で、やや精微を誇りうるのは舌と鼻とだが、それも煙草に荒らされて今はやや衰えんとしている。目と耳とにいたっては最初から、概して田舎には及ばなかった。そうでなくとも狭苦しい経験の中から、彼らが発見したような風景の標準に、全国民が引き廻されてたまったものでない。中央集権の腹立たしい圧迫の中でも、一番に反抗してみたいのは文芸の専制である。それも日本人を代表しうる優秀な創造力、ないしは親切周到なる観察から出たものならまだしも、何かというと外国の受売をして、いわゆるつくねいも式山水をありがたがるような連中に、風景を指定してもらおうとする客引根性はやめにせねばならぬ。それが最も真率にこの国土を愛するの道である。

松が多過ぎる

日本固有の平民文学において、最も豊かなものは共同の詠嘆であった。五人、七人の感動を同じくする群れが、特に声の清い舌のなめらかな一人に委託して、代わって眼前の情趣を詞章化せしむる場合に、必ずしも丁寧の叙述を要しなかったのは当然である。ことに風光はいたる所の岡や渚に、衆とともに楽しみ味わうべきものであったゆえに、もどってこれを見ぬ人に伝えるような、物語の発達する余地はなかったのである。したがって文学が少数の才子によってもてはやされる世となれば、その精彩の描写はたちまちに彼ら多数の同胞を動かして、かえって異国の文人の好尚に盲従して、自分たちの景色を品評するようになった。その弊やすでに朗詠古今の昔に始まっている。この久しいマンネリズムの穴の底から飛び出すためには、われわれは最も勉強して旅を試み、また旅の試みを語らねばならぬ。白砂青松という類の先入主を離れて、自在に海の美を説く必要があるのである。

自分は松の名所をもって世に知られた中国の一地方に生まれ、ことに目に映ずる鮮かな緑、沖から通う風の響きに親しみを持っている。しかも故郷に対する叛逆であろうともままよ、今もって全日本を通じて、海の歌、海の絵とさえ言えば、ぜひとも松の木を点出しようとする古臭い行平《ゆきひら》式を憎むのである。内海の磯山松の他よりも一段と目につくのは、土や空気の最初からの力もあろうが、やはり永年の松風村雨のいたすところであった。間近い都に塩を焼いて供給を続けているうちに、何代となく付近の林を伐って薪にした。そうして土を流して岩の骨があらわれ、それがいわゆる御影石《みかげいし》であったゆえに、くだけて砂になって浜辺を清くしたのである。海の景色はこのあたりにおいて最も著しい歴史の変遷があり、真率に言うならば以前の方が明らかに美しかった。今のような経済生活の続くかぎり、おそかれ早かれ他の府県の海岸も、つぎつぎにこれとよく似た外貌になって、結局は何人も文学の単調を非難しえぬことになるかしらぬが、幸いに現在はまだ土地によって事情の変化が多く、したがって見なれぬ風景がなお保存せられ、われわれをして再び省察せしめんとしているのである。

中国の海の辺をあるいていて、見落とすことのできぬのは海の草の繁茂である。歌に玉藻と詠んだのはまた別のものかしらぬが、一種たけ長く幅の細い、たとえば蘭の葉のごとくにして表なめらかなのが、岸にうち寄せるとたちまち白く枯れて、風の後などは堆く積まれている。岸近く船で行くならば、必ず浜の松の緑よりも珍しい光景をなすことと思われる。備前の邑久《おく》郡の入江なども、底はことごとくこの草でその間にナマコが住み、小さなトロールは藻の上をすべりつつ、その外に出たナマコの限りをさらえて行くようになっている。海が荒れる日は葉がきれて岸に寄り、おいおいに潟の上を埋めるらしい。西に開いた紀州の加太の湊なども、どこから吹き寄せるか奥の方はこの藻ばかりで朽ちた土は沈んで干潟となり、片端ははや要塞兵の練兵場にさえなっていた。諸国の入海の岸に住む民が、玉藻を苅るという昔からの手業《てわざ》は、これを何の用途にあてたのかを考えて見た者もないらしいが、それはおそらく田に入れて土を新たにするためであった。そういう隠れたる海の交渉も、今はまたすでに絶えてしまったのである。

一人旅

いとうあさこ

いとう・あさこ
1970年東京生まれ。お笑いタレント。97年、お笑いコンビで活動を開始し、2003年からピン芸人となり、漫談などで人気を得る。おもな著作に『あぁ、だから一人はいやなんだ。』など。

以前もちょっと書きましたが、私の海外ロケは現地集合、現地バレが多い。たった一人で異国へ行き、たった一人で日本に帰ってくるのです。と言ってももう十二分に大人ですから、私。別にそれ位全然大丈夫なのですが、唯一の天敵がトランジット。前にトランジットの際に起こった〝痛快ノンストップ短時間乗継冒険活劇〟を聞いていただいたのですが、私のこの一人トランジットには大なり小なりハプニングが必ずついてくる。何故だかね。

実は今もアメリカでトランジットの真っ最中。先ほどアメリカに着きまして。日本の夜中に出発して、今はこっちの夕方。これから国内線に乗り継ぐんですが、その間の空き時間がまさかの6時間半。うん、長いね。でも長いということは、こっちとしては超余裕のよっちゃん。時間があり余ってるわけですからね。ちょっと位のハプニングはむしろウェルカム気分。

今回日本ではこの国内線のチェックインが出来なかったので、出国の際空港のお姉さんに聞いた説明満載の地図を片手にチェックインカウンターに向かいました。まずアメリカに到着したらいつもの入国審査を済ます。以前アメリカの乗り継ぎでなかなか通してもらえず、結局乗り継ぎに間に合わなかったことがあったのですが、今回はまったく焦る必要がないもんで。もう一回言いますが6時間半あるから。係の人の「ショクギョウ　ナンデスカ?」的な質問にもいつも「カイシャイン」的な答えをするのですが（一応マセキ芸能社の社員ということで）今回は「コメディエンヌ」と言ってみた。そうしたら「オウ!　コメディエンヌ?　ナラバ　アメリカノ〇〇ッテ言ウ　コメディアン知ッテルカ?」みたいに食いつかれて。話弾んじゃったりして。やだわ、こういう時に限ってスムーズに通っちゃうのよねぇ。

お次は国内線のチェックインカウンターのあるターミナル行きのシャトル電車に乗り込む。よしよし。順調順調。駅に着いて、目の前にあるエレベーターに乗り……あれ？　説明受けた時に矢印まで描いてもらったチェックインカウンターのある3階行きのエレベーターがないよ。エレベーターがないどころか数ある各ゲート行きのエスカレーターやら別の電車やら、進む方向の選択肢がメチャクチャあるよ。しかも乗り継ぎ便の時間が先過ぎて、まだ電光掲示板にゲート案内が出ていないよ。でも駅だから係の人がいないから誰にも聞けないよ。というわけで結局私はどこに行ったらいいのかわからないよ。

はいハプニング発生！　でも大丈夫。何度も申し訳ありませんが私には6時間半あるんだから。一休さんのように頭の中で木魚をポクポク鳴らして数分。チーン。ひらめいた。私が乗る航空会社の飛行機の出発ゲートがどこか見てみよう！

考えた割に誰でも思いつくような答えで失礼しました。残念ながらゲートは三か所使われていたので、一か所に絞ることはできませんでしたが、とりあえずあてずっぽうで一番出発の多かった〝ゲートG〟に向かってみる。

さ、ここからは頭の中で「はじめてのおつかい」のテーマソングをかけながらお読みください。

♪ドレミファ　ドレミファ　ドッドドレミファ　だぁ〜れにも内緒でお出かけなのよ

45歳のあさこちゃん。一生懸命〝ゲートG〟の表示を追っかけます。もう一度空港内の電車に乗ってちょっと移動。あ、たまたま会った日本人に話しかけられた！　あさこちゃん、目的地、忘れちゃわないかな？……ほっ。無事にまた進み始めましたよ。Gの矢印をちゃんと追っかけています。しばらく歩いて、長いエスカレーター乗って……よし、着きました。ゲートG。

さあ、あとは最大の目的。チェックイン。上手に出来るかなぁ？　あさこちゃん、乗る航空会社の乗り場にいたお姉さんに聞いてサービスカウンターを教えてもらいましたよ。お兄さんに乗る便の書いてある紙を見せて「アイ　ウォント　チェックイン！」　おお！　あさこちゃんの棒読みの英語が通じたようです。本当にチケットか認識するまでちょっと時間のかかるようなペラッペラな紙を渡されました。あさこちゃん、しばらくその紙に書いてあることを首をかしげながら見ています。たくさん書いてある英語の中から「SEAT　12D」の表記を発見！　無事にチケットゲットォ！

ま、そんなこんなあっての今です。そこそこ大冒険でしたが1時間程度で終わってしまったもので、あと……5時間半あります。というわけで只今空港内のレストランで何という料理かわからないけどなんか鮭をメチャクチャにしたモノをツマミに、異国の濃いめのビールをチビリチビリ飲ませていただいております。

あさこちゃん45歳。一人旅も慣れてきたものです。

ってのんびりしてる場合じゃないぞ。これで夜中出発して早朝ロケ地に到着したら、またあんな事やこんな事。いろんな恐ろしきアクティビティちゃんたちが待ってるんだった。ああ、一難去ってまた一難？　頑張ってきますです。

旅（抄）

池波正太郎

いけなみ・しょうたろう
1923年東京生まれ。小説家。時代小説『鬼平犯科帳』、『剣客商売』、『仕掛人・藤枝梅安』は三大シリーズと呼ばれ、長く愛された。映画好き、グルメとしても知られ多くの随筆を残した。86年紫綬褒章受章。1990年没。

七、八年前までは、月に一度、行先も決めずに一週間ほどの旅に出たものだが、近年は、以前のように躰も利かなくなり、むりに仕事を重ねて疲労した上で、旅へ出てもつまらないとおもうようになった。

旅へ出ては一枚も書けぬ私なのである。別に我家の居心地がよいというのではない。時代小説を書いている者は例外があるにしても、やはり、書庫の傍で仕事をしていないと落ちつかぬためか、旅先での仕事をあまりしないようである。

私の時代小説などは、くわしく歴史を調べるわけでもないのだが、それでも書庫をはなれると不安だ。それならば必要な資料を持って行けばよいのだろうが、重い書物を、たとえトランク一つに入れただけでも、それを持って旅へ出るくらいなら、行かぬほうがましだと考えてしまう。

むかしは、羽田の空港へ行き、見送りの家人に、たとえば、

「お前が、いいとおもうところのキップを買って来い」

と、いいつけ、東京以外の地理にはまったく無知な家人が、行きあたりばったりに買って来たキップで旅立ったりしたものだ。

「岡山行のヒコーキが空《す》いてましたよ」

と、買って来たキップを持ち、岡山空港へ下りる。下りてから行先を考え、赤穂《あこう》へ行き、城下町をぶらつき、御崎《みさき》の小さな宿屋へ泊り、翌日は、小舟を雇って播磨《はりま》灘《なだ》を室津《むろつ》へ入るというような旅を何度もした。

室津は往古から栄えた港町だ。お夏清十郎の伝説で知られている。むかしは五《ご》泊《とまり》の随一と称されたほどの繁栄をしめした港で、中国・四国・九州の大名たちは、

江戸や京阪への往復に、かならず室津へ船を寄せたという。

そのころの繁栄ぶりをしめす古びた土蔵や家並が廃墟のようにしずまり返ってい、私が行ったころ、町には一軒の食堂も、そば屋もなかったものだ。

晴れわたった初冬の播磨灘を、老船頭と二人で、冷酒《ひやざけ》をのみながら、のんびりと船をすすめて行く気分は何ともいえないものであった。

こうした旅をするためには、当然、観光シーズンを避けねばならない。だから、私の旅は、いつも、初冬か早春。または夏の終りごろということになってしまう。

今年の初夏は、帝国劇場へ長い芝居を書き、稽古も長く、小説の仕事と並行して、

(うまく、乗り切れるだろうか……?)

と、はなはだ、こころもとなくおもっていたが、どうにか目鼻がつき、そこに、ひょいと二日の暇が浮いた。

(このとき……)

とばかり、梅雨の最中の或る日、私は、ぶらりと新幹線へ乗った。

今度は、はじめから行先は京都と決めておいた。

なぜなら、まだ一度も泊ったことがなく、かねてから、ぜひ泊ってみたいとおも

っていた旅館・〔俵屋《たわらや》〕へ予約をしておいたからだ。

俵屋は創業三百年の歴史をもっている。

当主は十一代目だが、五代目の俵屋主人・岡崎和助は彦根藩とも深い関係があったとかで明治維新前夜の動乱期には、彦根藩主であり、幕府大老に任じられていた井伊直弼《いいなおすけ》の懐ろ刀《ふところがたな》といわれた長野主膳が、この〔俵屋〕へ滞留し、大老のために暗躍していたという。

その長野主膳が、竹の駒寄せのある〔俵屋〕の表構えに立っているような気がする。

ほの暗い玄関の土間へ、すいとあらわれて来るようにおもえる。

奥まった新館は別として、〔俵屋〕の旧館の上方建築は、島原遊廓《ゆうかく》にいまも残る〔角屋《すみや》〕の結構を私におもい起させた。

それほどに、みごとなものだ。

私は、新館へ入った。

和洋折衷《せっちゅう》の三間つづきの部屋で、湯殿の浴槽は槇《まき》で造ってあるそうな。

この旅館の評判は、あまりにも高い。

私が、あらためて書くまでもあるまい。

夕食は、一品ずつ、熱いものは熱いように、冷たいものは冷たいようにと、こころを配って運ばれて来る。

いまどき、このような手間をかけて客をもてなす旅館は、めったにあるまい。しかし、京都には、この〔俵屋〕ばかりでなく、そうした心構えで、あまり儲《もう》からぬ営業を懸命につづけている旅館や店舗がいささかは残っている。

夕食はうまかった。このようなこころづかいをして出す料理が、

「まずいはずはない」

のである。

雨が、ひとしきり烈《はげ》しく降ったのち、熄《や》みかけたので、私は同行の人たちと宿を出て、河原町を散歩し、これも京都の古い酒場〔サンボア〕へ寄って、バーボンのウイスキーをのんだ。

俵屋へ帰ると、寝床がとってある。

さあ、そこで、私は安心するのだ。

私は小さいときから妙に癇症《かんしょう》で、銭湯へ行っても、子供のくせに何杯も上り湯を

躰にかけなくてはおさまらぬようなところがあり、それは軍隊生活をしたので大分に直ったけれども、やはり寝具などは清潔でないと困るのだ。

いまどき、大きな旅館、高級旅館などといわれる宿屋へ泊っても、敷布は洗いたてのを用いるが、掛蒲団のカバーはめったに替えない。先客が使用したものを、そのまま出すところが多い。

料理の一品二品を減らしても、私は掛蒲団のカバーを替えてもらいたいともおもう。実に、気味がわるい。

そういうことで、このごろの私は、なるべく日本風の旅館を避け、ホテル泊りにすることが多いのだ。

〔俵屋〕では、むろん、そうしたことがないとおもい、はじめから安心をしていたのだが、果して期待は裏切られなかった。

清潔な寝具に身を横たえ、ぐっすりねむれるかとおもうとそうではない。これは、どこへ泊ってもそうなのだ。旅行の第一日は、ねむる時間が狂ってしまう。いつもは仕事に熱中している最中《さなか》に、ねむらなければならないのだから、いくら疲れていても、躰が、

「ねむらせてくれない……」

のである。

二日目からは、ねむれるようになる。

いつものことなので、ぼんやりと暗い天井を見あげていて、明け方に、ようやくねむった。清潔をきわめた寝具に寝ているので、ねむれなくとも、気分はゆったりとしている。

こころみに、

〔旅行〕

という言葉を、手もとの辞書でひいて見ると、

「徒歩または交通機関を用いて、他の地方へ行くこと」

と、ある。

他の地方へ行くということは、毎日の自分の生活がいとなまれている場所から離れることだ。

したがって、そこには、たとえ二日の旅であっても初対面の人びととの接触が生

まれることになる。

それこそ、旅の醍醐味であろう。

相手は、こちらの職業も知らず、名も知らぬ。

相手が駅員なり、商店主なり、宿の女中さんなりとわかっていても、その相手はこちらをまったく知らぬ。

そうしたとき、相手が自分に対して、どのような反応をしめすかということで、私どもは自分自身を知ることになるのだ。

自分の顔は、毎朝、洗面のときの鏡で見ることはあっても、自分が、どのような人間であるかということは、実に、わかりにくいものである。

それが、旅へ出ると、すこしはわかってくる。

たとえば……。

他国の町で道を尋《き》く自分へ、こたえてくれる相手の態度や言葉づかい、口調などによって、自分という人間が相手に、どのような印象をあたえているかが、すこしはわかる。

とにかく、相手は、こちらをまったく知らない、友人でもなければ、商売上の知人でもないのである。

それだけに相手は、嘘いつわりのない態度をしめしてくれる。

そうした意味で、ぜひ、外国へも行ってみたいのだが、まだ、機会を得ない。

むりをして行くなら、行けぬこともないのだが、長い旅行の前後の仕事のことを考えると、もう面倒になってしまう。

五十歳を越えると、

「あれも、これも……」

と、やりたいこと、したいことの大半をあきらめねばならぬ。

そのうちの一つか二つをえらんで、自分の生活と仕事の中へ溶けこませるだけで、精いっぱいになってしまう。

昭和二十年に、あの戦争が終ってから三十年もの歳月がすぎ去ってしまった。

この三十年の早さというものは、その前の十年よりも早かった。

そして私は、これからの三十年を生き通すことがむずかしい年齢になっているのだから、

「もう、先は短い」

のである。
だから、もう、すべてに欲張らぬことにしている。

道草

吉田健一

よしだ・けんいち
1912年東京生まれ。英文学者、批評家、随筆家。『シェイクスピア』で読売文学賞、『日本について』で新潮社文学賞、『ヨオロッパの世紀末』で野間文芸賞受賞。その他おもな著作に『甘酸っぱい味』『英国の近代文学』など。1977年没。

旅行をする時には、普通はどうでもいいようなことが大事であるらしい。或は、旅行をしなくてもそうなのかも知れないが、例えば、東京発午前十時何分かの汽車に乗るのに、十時少し前に東京駅に着いてゆっくり間に合うというだけでは、何か気がすまなくて、なるべくならばその又二十分前頃に行くことを心掛ける。別に、遅れてはと思うからではないので、その程度の時間があれば、改札口を通る前にあの乗車口の中を右の方へ行った所にある食堂に寄るのである。始終、御厄介になっているのに、その名前が頭に浮ばないのは申し訳ない気がするが、それ程、いつもあの右の方へ行った食堂ということが念頭にあるのだということで勘弁して戴《いただ》きたい。確か、精養軒だったと思う。併《しか》し精養軒でなかった場合に、そう言っては却って悪い。

兎に角、食堂に入ってどうするという訳でもないので、第一、直ぐ入るのではない。食堂の入り口の右側に、色々な食べものや飲みものの見本を並べたガラス張りの棚があって、先ずここで何を頼もうかとあれこれ眺め廻す。決して山海の珍味が陳列してあるのではないが（そんなものは駅の食堂には不似合いである）、マカロニの上に肉の煮たのが掛けてある料理だとか、雞《とり》が入っているサラダだとか、見ている分には如何にも旨そうで、かと言ってそんなものをゆっくり食べている暇がないことは解っているから、結局は中に入って、生ビールにハム・エッグスという風なことになる。これは、何も午前十時でなくても、夜中の十時でも、午後の三時でも、それで間に合う取り合せだから、無難である。そして注文したものが持って来られて、飲んで食べながら、これも、別にどうだというのではない。併し駅の食堂でそんなことをしているのだと思えば、ビールも旨くなる。

全く、どうでもいいようなことであるが、これが長い旅に出掛けるのであればある程、汽車に乗る前にそういうことがしたい。その精養軒だか何だかは、駅の裏から入った場合で、八重洲口から行く時は、これこそ初めから名前さえも解っていなくて、その度毎に道に迷う、どこか二階の小さなビヤホールを苦労して探して入る。これも店の感じがいいとか、悪いとかいうのではなくて、寧《むし》ろ小さな店が二階に他の店の間に挟っているのだから、風通しが悪くて暑苦しいが、汽車の発車を控えて、まだ一杯飲めると思ったりするのは、それ自体が旅の気分である。駅というのは妙なもので、時間が全く慌しくたって行く感じがするのみならず、事実、時間が他所《よそ》とは違ったたち方をするのではないかと思われるのを、ビールの一杯、又一杯で、食い止めるのではなくて、何と言うのか、味うのである。併しやはり、廻りの空気に急かされるのに負けて、汽車が出る所へ行っても、なかなか出ない。

勿論、汽車が動き出せば、もうそれでいいという訳ではない。その点、東京発の汽車の多くは、少し遠くへ行くのならば食堂車が付いているから、暇を潰すのに便利であるが、上野発の信越線、北陸線などのには食堂車が大概ないのは、牽引力の問題なのだといつだったか、そういう係の人から聞いた。つまり、山がある為に、汽車が食堂車まで引っ張って走るのは不経済だということになるらしい。併しそれならばそれで別な時間の潰しようがあって、例えば、上野から北へ行く線の駅はどこか東海道線のとは違っている。汽車が止る毎に降りて歩き廻って見ると解ることであるが、一つにはこれは、改札口の向うにある町の景色がそうなのかも知れない。駅前からいきなり大きなビルが並んでいるというような所は少くて、多くはそこに広場があり、小間物屋や小さな食べもの屋が店を出しているのが、何となく入って見たくなる。夜になると、明りが疎《まば》らなのが人懐っこくて、益々降りたくなる。

この頃はこういう駅の中で店を出している蕎麦屋がもりやかけだけでなくて、天麩羅だとか何だとか、種ものを作るのが多くなった。天麩羅と言っても、もう出来ているのを積んで置いて、それを蕎麦の上に載せるのに過ぎないが、長岡駅にそういう小店が一軒あり、もっと先の新津駅にもあって、乗り換えの汽車が来るのを待っていたりしている時、よく一つ食べて見たいと思う。それをまだやったことがないのは、東京駅の食堂でまだマカロニに肉の煮たのを掛けたのを注文したことがないのと同じで、眺めているうちに、面倒臭くなって来るのである。併しかけに生玉子を入れたのは随分、方々で食べた。それから、これは東海道の駅に多いが、生ビールをスタンドで飲んだこともある。そういう時には、いつ汽車が出るか解らないという気持も確かに刺戟になるようで、最後のビールの一杯、或はかけ蕎麦をすませて、まだ汽車が出そうな気配もないと、残りの何秒間か、ただそこにそうしているのが楽しめる。

飲んだり、食べたりばかりしていることになるが、他に実際に何もないのだから仕方がない。売店で雑誌を買うなどというのは、買えば少しは読まなければならず、そんなものを読むのでは家にいるのと同じである。駅の壁に掛っている温泉場の広告を見て歩くのは、それよりも少し増しで、何故か普通の人間の倍位は大きく感じられる美人の顔がこっちを向いているのが、そこまで行って見たくさせる。大きな美人がいい訳ではないが、普通の人間の倍ならば、これも壮観であり、それ程大きくない美人もそこにはいるかも知れない。宿屋の写真が出ていれば、これも決って広大なものであって、そんな所に旅行案内などに書いてある一泊千何百円かで本当に泊れるのだろうかと思う。併し出来るのだと考えられる節もあって、それならばその広大な宿屋もこっちの手が届く所にあり、そういう所に一週間もいたら、こっちも結構ふやけてしまって、これは体にいいに違いない、という風な空想に耽る。

併し兎に角、旅行している時に本や雑誌を読むの程、愚の骨頂はない。読むというのは、そこにあることの方へ連れて行かれることで、新潟にいても、岡山にいても、北極のことが書いてあるのを読めば、自分がいる所が北極になる。又そうなる程度によく書いてあるものでなければ、読んでも仕方がなくて、自分が折角、岡山だかどこだかにいるのに、北極にいる積りになることはない。どうも、道草をして、旅に出ている気分になるには、飲んだり、食べたりに限るようである。駅の売店でかけ蕎麦を食べていても廻りの眺めは眼に入って、弁当売りの声を聞いているだけでも、自分が旅をしていることが感じられる。

汽車に戻ってからは、仕方がないから、隣の客の顔を盗み見していることにならない具合に、外の景色に眼をやってでもいる他ない。席で飲むという手もあって、勿論、飲むのであるが、それもしまいにはどことなく鹿爪らしくなって来て、つまらない。併しそのうちに汽車がどこか、自分が行く所へ着く。宿屋に着いたならば、寸暇を惜んでビールを持って来てくれるように頼むことである。酒でもいいが、これはお燗をするのに時間が掛って、目的は、宿屋に着いてからはどうせ何かすることがあるのに、それをしないで飲むというその心にある。その要領で、しなくてもいいことをする機会が幾らでもあるから、旅は楽しい。

一人の詩人に話しかけて

長田弘

おさだ・ひろし
1939年福島生まれ。詩人。『私の二十世紀書店』で毎日出版文化賞、『森の絵本』で講談社出版文化賞、『世界はうつくしいと』で三好達治賞受賞。その他おもな著作に『深呼吸の必要』『記憶のつくり方』など。2015年没。

クラクフは、オシフィエンチム（アウシュヴィッツ）とブジェジンカ（ビルケナウ）にもっとも近い、静かな古都の街です。

秋景色につつまれた広大なかつての死の収容所からの帰り、オシフィエンチムの町で、路上をゆくうつくしい花嫁の行列に出会いました。ほんのすこし向こうにいまものこる死の収容所の無言の光景のこちら側に、無垢の微笑を湛えたほんのささやかな幸福があるという事実に、いまさらのように胸うたれて、この世には幸いがあってよいのだと、心底そう思わずにいられませんでした。たとえそれが錯覚であったとしても。

＊＊＊

死んだ詩人のことを考えています。

アンジェイ・ブルサというクラクフの詩人を知ったのは、今日のポーランド詩文選でですが、その略歴はあまりにも簡単で痛切です。一九三二年クラクフ生まれ。ヤギウェオ大学（ヨーロッパでもっとも古い大学の一つとされる）でスラヴ哲学を専攻。学資がつづかなかったのと大学に希望を失くしたことから、学業を断念。一九五六年までクラクフの新聞で記者として働き、ごくわずかな詩文を遺して、五七年自殺。享年二十五歳。「一人の詩人に話しかけて」という、ブルサの遺した一篇。

どうやって詩に香りを運び入れるか——
香りの名を記せばいいのではありません

リズムともども
香りは全体に浸みとおらねばなりません
リズムというのは
すばらしい木立の空気のようなもの
どんなリズムも風に揺れる
垣根のバラにとてもよく似ています

黙って聞いていればいい気なものだ
だからぼくは言ってやった
「このいやな野郎を放りだしてくれ
小便臭くて我慢ならない」

大人気ないふるまいだったろう、きっと
だが、もう、耐えられなかったのだ、ぼくはクラクフの街の中心の広場には、古くからの織物市場の建物があって、市場の前では秋の果物を山と積んで売っています。真向かいには、ラッパが時を告げる古い塔のあるマリア教会。

広場の周囲には、小さなカフェがたくさんあって、どのカフェも掲げている人気のメニューは、果物のコンポートと、ドーナツ型のめずらしいパン。紅茶もとびきりですが、最良のカフェは、なんといってもヤン・ミハリーカという昔からの古い古いカフェです。クラクフはよい街です。よい街というのは、断言してもいいですが、よいカフェのある街のことです。そしてまた、よい街というのは、どこかに若くして死んだよい詩人のよい記憶をとどめている街のことです。

「好き」が旅の道先案内人

堀川波

ほりかわ・なみ
1971年大阪生まれ。絵本作家、イラストレーター、手工芸作家。おしゃれや暮らし、旅について綴ったイラストエッセイが人気。おもな著作に『刺し子糸で楽しむ刺繍』『45歳からの定番おしゃれレッスン』『手仕事をめぐる大人旅ノート』など。

旅に出て知りたいのは、ふつうの人の暮らしです。どこにでも「暮らし」は必ずありますから、いつも旅先をどこに決めるかは、適当だったりします。まったく興味もなく縁のない場所でも、行ってみると楽しいものです。

あるときは、水玉模様を探しにロシアに行ったり、またあるときは「ミニスカートにハイソックスを履いたおばあちゃんがいっぱいいる街があるらしい」という情報を小耳にはさんでポルトガルに行ってみたり。

当たり前ですが、はじめて行く場所は自分の知らないことだらけ。ほんの少しでも、そこに住む人の暮らしや習慣に触れることができると、わたしの旅は満足です。

どこに行っても「好きだなあ！」と思うものは必ずみつかります。ポルトガルの市場に行って、お店のお母さんたちみんなが着ているエプロンが、「もしかしておしゃれなのでは？」と気になる↓エプロンを探しに街中を歩きまわる↓市場の隅に売られていたエプロンをワンピース風に着て、街を観光する↓みんなに声をかけられ（笑われ？）うれしかった、という思い出があるのですが、「エプロン」との出会いは今も続いています。

世界中のどんなところにもエプロンは必ずあるものです。使う人、使い方によっていろんなデザインがあるので、エプロン蒐集《しゅうしゅう》という趣味がひとつできてしまいました。

「好き」には、「好き」を呼ぶ性質があると信じています。ひとつ「好き」をみつけると、それを追いかけていくうちに、次の「好き」につながっていきます。知らず知らずのうちに「好き」が旅の道先案内人になってくれるような気がします。

バスの注意

外山滋比古

とやま・しげひこ
1923年愛知生まれ。英文学者、言語学者、評論家、エッセイスト。『思考の整理学』はロングセラーとなり、現在でも東大生をはじめ多くの読者を持つ。国語教科書や入試問題の頻出著者でもある。2020年没。

とにかくバスはよくゆれる。

あるとき、どうしてこんなにゆれるのだろうと思ったら、わけもなく笑いがこみ上げてきて、つい噴き出してしまった。となりの人の手前をつくろうのに苦労した。

そういうバスで、走行中は危険ですからお立ちになりませんように、という注意がテープから流れることがある。

はじめてきいたとき、たまたまこちらは立っていたから、何を言っているのか、とおもしろくなかった。立つな、危険だ、といったところで、座席がなければ立つよりほかに手がないではないか。なにも好きで立ちん棒になっているのではない。

あとあとこのひとことにこだわっているうちに、誤解していたことに気がついた。立っている乗客に立ってはいけません、危険です、といっているのではない。もしそうだったら立たされた乗客がだまっているわけがないだろう。

あれは席に腰かけている乗客に対する注意であるらしい。走っているときに立つとバスがゆれているから、転んだり、どこかへぶつかったりして危険です、というのである。

こちらの頭が悪くて勘違いしたのだが、バスの言い方も親切でない。そういうつもりで言うのだったら、走行中は立たないでくださいではなく、走行中は席を立たないでください、としてもらいたい。そうでなくても、せめて、立ち上がらないでください、としてほしい。そうでないと立たされている乗客は立つ瀬がなくなる？

関西へ行って郊外を走る私鉄バスに小一時間乗った。しばらくすると、走行中に……というテープの車内放送が始まった。それおいでなすった、とちょっと身構える。立たないでくださいと続くだろうと覚悟していると、席を変わらないでいただきたい、という言い方をした。これは現実的で、誤解の余地がない。すっかり感心して、窓の外の風景を観賞しはじめた。

途中から小学生がドタドタと乗り込んできた。通学にこのバスを利用しているらしい。どこまで行くのかと思っていると、停留所にして二つか三つでもう降りた。あれくらいなら歩くことにしたらどうかと考え、いまの世の中では無理か、と思いなおした。

それはとにかく、この小学生たちはさすがにバスに乗りなれている。走行中に平気で席を変えるが、その身のこなしは軽く、見ていてすこしも危な気がない。毎日こういう訓練をしていれば、平衡感覚はいよいよみがかれるだろう。

バスの走行中、乗客が席を移動したり、立ち上がったりしないように呼びかけるのは、足腰の安定のよくない乗客だと、思いもかけない怪我や事故になるおそれがある。そういうときに、バスは注意義務を怠ったといわれるとたいへんだから、わけのわからぬ警告を流してるのだろう。

その注意のことばがおかしいのではないかという人がすくないのは、みんな馬耳東風とき流しているからではないか、と疑っている。

混雑した乗りものの中で、こどもに席を譲ろうとしたら、その子のお母さんのドイツ婦人が、バランスのとり方を覚えさせるのですから、立たせておいてください、と答えて、譲ろうとした日本人がバツの悪い思いをした、という逸話はよく知られている。

このごろの日本人は、バランスの感覚が悪くなったのかもしれない。なんでもないところで、すべったりころんだりする。まわりが過保護になればなるほど、ますます動揺に弱くなる。そういう悪循環がすでに始まっているように思われる。

バスの振動は具体的で目に見えるからいいが、世の中というバスのゆれは心理的でわかりにくい。しかし、ゆれているのは、そしてそのゆれになれていなければ、ころびやすいのは、あまり違わない。脚下照顧。

チェーン・トラベラー

村松友視

むらまつ・ともみ
1940年東京生まれ。小説家。『時代屋の女房』で直木賞、『鎌倉のおばさん』で泉鏡花文学賞受賞。その他おもな著作に『私、プロレスの味方です』『夢の始末書』『百合子さんは何色―武田百合子への旅』『アブサン物語』『幸田文のマッチ箱』『帝国ホテルの不思議』など。

旅と旅行とはちがう……そういうセリフをよく耳にする。旅とは、非予定的アドリブ《アドリブ》の世界であり、旅行は目的をもった予定調和の世界というのが、どうやらこの区分けの根拠らしい。片やロマン、片や野暮というのだから、旅行という言葉は何となく首をすくめざるを得ない。

だが、旅であれ旅行であれ、人間がうごくということには変わりない、つまりはアナログの世界だ。飛行機はデジタル的に、眠っているうちに先方へ着く。だから、外国へ行くといっても、むかしの船旅のように、徐々に外国に染ってゆくというプロセスがないという言い方も分るが、飛行機の旅は決してデジタルではない。海であれ空であれ、人間が移動していることに変わりはないから、そこにはあきらかにアナログ的気分の横ばいというやつが存在するのだ。それは、下世話なことを言えば、外国キャンプへ赴くつもりの野球選手あたりが、利用した飛行機のスチュワーデスに気を惹かれ、彼女なら英語もできるし何かと便利……てなふうに気分が横ばいし、あげくの果てに結婚にいたるという顚末だって、飛行機の中のアナログ的展開なのである。

かつて、孫文の「三民主義」を読んでいたとき、〝衣食住行〟なる文字をその中に発見した。この「三民主義」との出会いはなぜかといえば、当時、台湾へ旅行しようとしていた私が「孫文生誕百年記念論文募集」の広告を目にし、その賞金が五十万円だったのでこれを旅費にしてやろうと、不純な動機で読みはじめたのだった。だがもちろん、論文は書いたものの選にはもれ、五十万円は手に入らなかった。一等に入選したのは何でも九州の鮨屋のオヤジか何かで、蔣介石さまさまの礼讃路線の詩みたいな内容だったらしい。

けっきょく、私は暮れのボーナスをはたいて台湾へ出かけ、金門島へ行かせろ行かせぬで、行政院の役人と議論をしたりして、それなりに台湾旅行を楽しんで帰って来た。だが、その旅で得たものもさることながら、あのとき「三民主義」の中で見た〝衣食住行〟の文字は、いまでも私の軀に貴重な宝物みたいに棲みついているのだ。

衣食足りて住を成す……日本における生活の三大要素〝衣食住〟の発想は、そこまでの世界だ。そこへ〝行〟、すなわち〝うごく〟という世界を加えて四大要素とした〝衣食住行〟の発想は、住を成したところで止っている世界では駄目、その上で人間はうごかなければならぬというセンスであり、まさに現代的な生き方のヒントを含んでいる。孫文は、当時四億であった中国の人口増加率が低いことを憂え、英国、アメリカ、日本などの増加率に追いつかねばとうったえていた。そして、人口の増加を実現させた上で、うごかなければ進歩はないと主張していた。うごく……には、もちろん交通機関の発達などという現実の問題もからんでいた。行、交、動といったイメージだったが、「三民主義」を読んだ私の中で〝衣食住行〟の四文字は横ばいし、遊、移、泳、飛……といったような、固定の反対にある世界を〝行〟の文字に押し込め、〝行〟を衣食住と同等に評価するセンスを自己流に染め直した。

だから、私にとって〝行〟はそれ自体が重大な価値であり、動機や計画や予定などは、〝行〟というダイナミックな世界の前に溶けてしまうという感覚がある。したがって、旅と旅行との差などというものは、あると言えばあるし無いと言えば無い、つまりはどっちにしても大した問題ではないと思い決めてしまっているのだ。

あらかじめ絶対的自由を想定し、それにくらべればがんじがらめというふうに現代人の行動をとらえたら、そこで立ちつくしてしまうのが関の山だ。自らの百本の足をどうやってうごかしているかを考えたとたん、一歩もあるけなくなってしまった百足《むかで》のたとえもあり、考えるよりあるいていることに感動していればよいという大雑把さが、先へ進むコツではないかと思うのだ。

私とて、最初にイメージされた旅は、まことに暗いエネルギーだった。私は、父は生れる前に、母はそのあとすぐにこの世を去ったと言い聞かされて育った。母は実は生きていたのだが、このへんの事情には純文学的暗さがからみ、この場ではふさわしくないので避けて通ることにする。とにかく、父母に死なれて祖父母の籍に入れられて育った……それを私のありようということにして先へ進みたい。

大学の三年のときに祖父、四年のときに祖母……親代りの二人が相次いで逝ったとき、私は自分の境遇が天涯孤独になったことを知った。だが、この天涯孤独感にあまり落ち込むことはなく、むしろ私らしい生き方がスタートしたという、かすかにほくそ笑むような感覚が生じたと言えば、いかにもわざとらしく聞えるだろうが、実際にそうだったのだから仕方がない。それはいいのだが、天涯孤独で下宿やアパートを転々とする季節がはじまって、まことに不便なことがあった。それは、正月という特別な時間をどうやって過していいか分らないことだった。今から思えば、どうして女でもつくって転がり込む甲斐性がなかったかと悔やまれるが、それができなかったから次の展開があったわけで、人生どうとでも意味づけできるもんだと痛感せざるを得ない。

さて、正月である。正月という期間は、友だちの家などへ行っても、何か急《せ》わしげで落ちつかない。しかも、元日からの三カ日くらいは、その家なりの習慣みたいなものがあって、客を迎える日、親類の集る日、年始に行く日、家人だけで過す日というのが、暗黙のうちに決っているものだ。そこへ居候をしていると、いかにもそのリズムを崩しているようで心苦しく、どうしてもふだんの日みたいにリラックスして厄介になれない。ま、厄介になったとしても一日だ。

そこで、一日ずつ別な友だちの家を泊りあるくことを試みてみると、何となくいつも歓迎を受けているようで快かった。だが、そうなるとせせこましい正月であり、つまり毎朝べつの家で目覚めるのだから、見上げる天井の模様がくるくる変る。はて、きょうは誰の家で起きたんだっけ……目覚めてかならずそれを思い巡らすというのもくたびれる。毎日変わる模様に、いささかノイローゼ気味になったりもしたものだった。

さてそのとき、毎日天井の模様が変わる世界から脱しようとせず、毎日天井の模様が変わるのが当然である世界をさがしたというのが、我田引水ながら私流のセンスだ。問題を解決せずに先へ進む……ま、こんな流儀と言えようか。私の中で、天井の模様が変わって当り前の世界として浮上したのが、旅でありました。

それいらい、正月はいつも旅ですごすことにした。暮れのボーナスをすべて使い、暮れと正月の休暇を利用する外国旅行。旅を終えて羽田へ帰って来て両替をすると、それがとりあえず私の全財産……この気分は、案外にわるくなかった。台湾、ベトナム、沖縄と海外旅行がつづいているうち、正月の旅という習慣が私の中に宿りついていったのだった。

会社を辞めてしまった今も、私からはその習慣が抜けていない。いや、それどころか前にもまして旅の機会が多くなった。それはやはり、旅をする仕事を引き受けてしまうからであり、仕事がからんでも旅は旅という感覚があるからだ……というところで、冒頭のこだわりへとつながってくるのだ。

人間、ひとつの〝うごき〟が次の〝うごき〟を誘発するもので、その展開の意外さは当人もおどろくほどだ。たとえば、ラーメン屋へラーメンを食べに行き、メニューを見ていると向かいの席の男がカレーライスを食べている。それを見たとたん、そうだ、ラーメン屋の胡椒のきいたカレーライスもわるくない……てな呟きが軀の底に生じ、ラーメンを忘れてカレーライスを注文する。これは、出前というデジタル世界では味わうことのできない、アナログ的な横すべり現象なのだ。

また、ムラサキツユクサか何かを調べようと、植物図鑑を開いたとする。ページをめくっていると、別なページにあった不思議な色をした草に目が釘づけとなり、ムラサキツユクサはどこかへいってしまう。しかし、それよりも大きな意味をもって、その不思議な色をした草が頭にとりつくのであり、これもまた横ばいの成果というやつだ。

つまり、〝うごく〟ということはかならずずれを生むし、次の展開を引き出してしまうものなのだ。

仕事で高知へ行ったとき、その仕事の関係者と一緒に「ノアの方舟」なる奇妙な店へ行った。そして、それこそ出来心で焼酎のボトルを入れて帰って来たのだが、それから何度もその店を訪れることになった。来る当てもないのにボトルを預ける……これは、ちょいとした酔狂といった気分だったが、ボトルを預けるという私の〝うごき〟が、次にそこを訪れる〝うごき〟を生んだというわけだ。

また、テレビの仕事でメキシコ南部へ取材に行き、メキシコ・シティへ帰ってあるレストランで食事をしているとき、〝山本権兵衛の孫娘〟というフレーズが聞こえてきた。それがなぜか耳に貼りつき、頭に残っていた。私は、何度かそのことを人に向かってしゃべったり、どこかへ書いたりもした。すると、別な仕事でメキシコへ行かないかという声がかかった。私は〝山本権兵衛の孫娘〟というフレーズが頭にあったため、その仕事を引き受けた。そして、その旅の中で私は、〝山本権兵衛の孫娘〟その人に出会ってしまった。彼女は、山本満喜子さんという七十過ぎの女性で、アカプルコにひとり住んでいた。彼女と話をしているうち、私の内面の興味と彼女の言葉が結びついた。彼女は、祖父の元伯爵でもあり総理大臣でもあった山本権兵衛についての思い出を綴った文章を、

「ご興味があったら、持ってらしてもいいわよ」

と私に渡した。ご興味があったらといったって日本は遠い、コピーでも取ってお借りしますと申し出ると、

「あら、今度見えるときお持ちになればいいことよ」

やんごとない言葉遣いで、あっさりと言われたので、私は何となくわるいような気がしながらも、その原稿を預って帰った。今度見えるときといっても、そのときの私にはそんな予定はなかった。ところが、それから二年後、私は本当にアカプルコへ赴いて原稿を返し、「薔薇のつぼみ—宰相山本権兵衛の孫娘—」なる本を書きおろしてしまったのだ。この場合、〝うごき〟が〝うごき〟を呼んで私に一冊の本を書かせてしまったというわけだが、こんなケースは外にもいくらでもあるのであ

る。

その謎は、やはり旅の中で出会う人間ということになるだろう。袖すり合うも多生の縁……というが、そんな人々の中には、〝うごき〟の中でしか出会えないタイプの人間がいる。旅という時間はちょっと架空の時間めいた世界であり、そこでの人との出会いはかなり非日常的なムードとなる。そして、ある人との出会いが次の人との出会いを生み、短い期間の中でとんでもない相手と遭遇できたりするのが、旅なのだ。

こう考えてゆくと、仕事がからんだって十分に旅の価値は味わえるということになるのだが、むしろ仕事がらみの方が、意外性の世界を味わえるのではないかというのが、最近の私の見定めだ。

私は、学生のときから社会人になって三年くらいまで、主にトリスバーを飲みあるいた。馴染みの店などもちろんなく、外に出た看板に「ストレート40円、ハイボール50円、白150円」と記された店へ入る。この看板さえ確認すれば、どの街のどの店へ入っても同じだった。ツマミはいっさい取らず、五百円あればハイボール十杯という計算のもとに、他の客の鳴らすジュークボックスから流れる「グリーン・フィールズ」や「悲しき雨音」に耳を傾け、となりの客がバーテンと興じるトランプ手品をながめてすごす。これが暗くてつまらないかと言えば、実はなかなかに充実した時間なのだ。たまにママが、前に帰った客の残した柿の種やピーナッツを回してくれたりすればもう有頂天、何というか入門したての相撲さん的気分だ。俺には将来がある……それだけが支えなのだから元手はかからないというわけだ。

こんなありさまだから、馴染みの店なんぞつくったって仕方がない。行き当りばったりに料金表が外に出ている店のドアを開け、恐そうなお兄哥さんがいたときだけそのまま帰り、あとは屈託なく入って行くのだから、まことに多くの店を知っていた。そして、多くの店を知っていることは、種々雑多な人々に出会っていたことになるのだ。

ところが、そのうち私にも馴染みの店というやつが何軒かできはじめた。すると、私の行動半径はきわめてせまくなった。馴染みの店へ行けば心地よい……そんな気分ですごしていると、新しい店へ行って折り合いをつけるのがやけに面倒に思われてくる。だから、ますます行動のゾーンをせばめてゆき、ま、良くいえば馴染みの店との関係は深まってゆく。だが、かってトリスバーをあっちこっち思いつくままに旅してあるいたようなエネルギーは、日ごとに失せてゆくばかりだ。いきおい、気心の知れない他人に出会うのも億劫になり、いつも同じテリトリーで常連顔をしているようになっているのである。

で、仕事がからまない旅というのも、ちょっとそれに似た傾向があるのではなかろうか。誰にも影響を受けず、何にも束縛されず、自分の好きな場所へ出かけて行く……それがまあ、ロマンとからめられやすい、仕事のからまない旅の特徴だ。だが、よく考えてみれば、自分の好みなどせまい世界なのだ。いくら自分の中で自由に発想したつもりでも、俯瞰してみれば、かなりせまいゾーンの中で右往左往していることになる。風景も人も、仔細に見ればよく似たタイプになっているはずだ。

それはそれで、好きな世界を満喫しているのだから文句をつけたって仕方ないが、〝うごく〟という旅の根本を考えるとどういうことになるのか。それに、偶然、意外性といった世界への遭遇を価値と認めるセンスからいうとどうなるのか。行きつけの店の心地よさが、トリスバーの旅というエネルギッシュで、偶然に出会う確率の高い世界を消してしまったように、自分の好みを実現することでは触れきれない世界があるはずなのだ。

仕事がからむ旅……つまり、旅としては動機が不純とイメージされる〝うごき〟なのだが、ここには私なら私の好みを越えた展開がある。思いもかけぬ仕事、思いもかけぬ土地、思いもかけぬ人との遭遇は、その展開の幅の中で実現する。そして、いったん出会いを感じてしまえば、〝うごき〟が〝うごき〟を生んでゆく筋道へ、楽々と入ってゆけるのだ。そうすれば、そのあとは自分の世界での遊泳が楽にできるというわけで、仕事というきっかけは、最初に鉄棒につかまらせてくれる人の手助けみたいなもの、あとはウルトラCでも何でも、自分の流儀でこなしていけばいいというわけだ。

だが、馴染みの店へ行く楽しみも捨てがたいから、私は両方を貪欲に味わうことにした。そうしたら、チェーン・スモーカーならぬチェーン・トラベラーの世界に取り憑かれてしまったが、これはしごく当然の成りゆきだろう。土地への旅、人への旅、物への旅……止まるところを知らぬ私の〝うごく〟病気は、どうやら当分つづきそうだ。烟霞の癖などという言葉があるが、私もそのひとりであり、いつでも旅立ちへの物腰がニュートラルになっている。つまり、ふわふわと腰が定まらず、ちょっとしたきっかけで旅立とうとする構えで、毎日をすごしているのだ。

こんなことをやっていると、トリスバー行脚はできても、王道をゆく大店の常連にはなかなかなれそうもないという気はする。しかし、それもいいだろうと思っている。何しろ、チェーン・トラベル病は、私にとって宿痾の病なのだから、いまさらどっしりと腰をかまえろと言われても、それは無理というものでございます。

旅について

三木清

みき・きよし
1897年兵庫生まれ。哲学者、評論家。ファシズムに抗する言論活動を続けた。おもな著作に『パスカルに於ける人間の研究』『唯物史観と現代の意識』『人生論ノート』など。1945年没。

ひとはさまざまの理由から旅に上るであらう。或る者は商用のために、他の者は視察のために、更に他の者は休養のために、また或る一人は親戚の不幸を見舞ふためめに、そして他の一人は友人の結婚を祝ふために、といふやうに。人生がさまざまであるやうに、旅もさまざまである。しかしながら、どのやうな理由から旅に出るにしても、すべての旅には旅としての共通の感情がある。一泊の旅に出る者にも、一年の旅に出る者にも、旅には相似た感懐がある。恰も、人生はさまざまであるにしても、短い一生の者にも、長い一生の者にも、すべての人生には人生としての共通の感情があるやうに。

旅に出ることは日常の生活環境を脱けることであり、平生の習慣的な關係から逃れることである。旅の嬉しさはかやうに解放されることの嬉しさである。ことさら解放を求めてする旅でなくても、旅においては誰も何等か解放された氣持になるものである。或る者は實に人生から脱出する目的をもつてさへ旅に上るのである。ことさら脱出を欲してする旅でなくても、旅においては誰も何等か脱出に類する氣持になるものである。旅の對象としてひとの好んで選ぶものが多くの場合自然であり、人間の生活であつても原始的な、自然的な生活であるといふのも、これに關係すると考へることができるであらう。旅におけるかやうな解放乃至脱出の感情にはつねに或る他の感情が伴つてゐる。即ち旅はすべての人に多かれ少かれ漂泊の感情を抱かせるのである。解放も漂泊であり、脱出も漂泊である。そこに旅の感傷がある。

漂泊の感情は或る運動の感情であつて、旅は移動であることから生ずるといはれるであらう。それは確かに或る運動の感情である。けれども我々が旅の漂泊であることを身にしみて感じるのは、車に乘つて動いてゐる時ではなく、むしろ宿に落着いた時である。漂泊の感情は單なる運動の感情ではない。旅に出ることは日常の習慣的な、從つて安定した關係を脱することであり、そのために生ずる不安から漂泊の感情が湧いてくるのである。旅は何となく不安なものである。しかるにまた漂泊の感情は遠さの感情なしには考へられないであらう。そして旅は、どのやうな旅も、遠さを感じさせるものである。この遠さは何キロと計られるやうな距離に關係してゐない。毎日遠方から汽車で事務所へ通勤してゐる者であつても、彼はこの種の遠さを感じないであらう。ところがたとひそれよりも短い距離であつても、一日彼が旅に出るとなると、彼はその遠さを味ふのである。旅の心は遙かであり、この遙けさが旅を旅にするのである。それだから旅において我々はつねに多かれ少かれ浪漫的になる。浪漫的心情といふのは遠さの感情にほかならない。旅の面白さの半ばはかやうにして想像力の作り出すものである。旅は人生のユートピアであるとさへいふことができるであらう。しかしながら旅は單に遙かなものではない。旅はあわただしいものである。鞄一つで出掛ける簡單な旅であつても、旅には旅のあわただしさがある。汽車に乘る旅にも、徒歩で行く旅にも、旅のあわただしさがあるであらう。旅はつねに遠くて、しかもつねにあわただしいものである。それだからそこに漂泊の感情が湧いてくる。漂泊の感情は單に遠さの感情ではない。遠くて、しかもあわただしいところから、我々は漂泊を感じるのである。遠いと定まつてゐるものなら、何故にあわただしくする必要があるであらうか。それは遠いものでなくて近いものであるかも知れない。いな、旅はつねに遠くて同時につねに近いものである。そしてこれは旅が過程であるといふことを意味するであらう。旅は過程である故に漂泊である。出發點が旅であるのではない、到着點が旅であるのでもない、旅は絶えず過程である。ただ目的地に着くことをのみ問題にして、途中を味ふことができない者は、旅の眞の面白さを知らぬものといはれるのである。日常の生活において我々はつねに主として到達點を、結果をのみ問題にしてゐる、これが行動とか實踐とかいふものの本性である。しかるに旅は本質的に觀想的である。旅において我々はつねに見る人である。平生の實踐的生活から脱け出して純粋に觀想的になり得るといふことが旅の特色である。旅が人生に對して有する意義もそこから考へることができるであらう。

　何故に旅は遠いものであるか。未知のものに向つてゆくことである故に。日常の經驗においても、知らない道を初めて歩く時には實際よりも遠く感じるものである。假にすべてのことが全くよく知られてゐるとしたなら、日常の通勤のやうなものはあつても本質的に旅といふべきものはないであらう。旅は未知のものに引かれてゆくことである。それだから旅には漂泊の感情が伴つてくる。旅においてはあらゆるものが既知であるといふことはあり得ないであらう。なぜなら、そこでは單に到着點或ひは結果が問題であるのでなく、むしろ過程が主要なのであるから。途中に注意してゐる者は必ず何か新しいこと、思ひ設けぬことに出會ふものである。旅は習慣的になつた生活形式から脱け出ることであり、かやうにして我々は多かれ少かれ新しくなつた眼をもつて物を見ることができるやうになつてをり、そのためにまた我々は物において多かれ少かれ新しいものを發見することができるやうになつてゐる。平生見慣れたものも旅においては目新しく感じられるのがつねである。旅の利益は單に全く見たことのない物を初めて見ることにあるのでなく、——全く新しいといひ得るものが世の中にあるであらうか——むしろ平素自明のもの、既知のもののやうに考へてゐたものに驚異を感じ、新たに見直すところにある。我々の日常の生活は行動的であつて到着點或ひは結果にのみ關心し、その他のもの、途中のもの、過程は、既知のものの如く前提されてゐる。毎日習慣的に通勤してゐる者は、その日家を出て事務所に來るまでの間に、彼が何を爲し、何に會つたかを恐らく想ひ起すことができないであらう。しかるに旅においては我々は純粋に觀想的になることができる。旅する者は爲す者でなくて見る人である。かやうに純粋に觀想的になることによつて、平生既知のもの、自明のものと前提してゐたものに對して我々は新たに驚異を覺え、或ひは好奇心を感じる。旅が經驗であり、教育であるのも、これに依るのである。

人生は旅、とはよくいはれることである。芭蕉の奥の細道の有名な句を引くまでもなく、これは誰にも一再ならず迫つてくる實感であらう。人生について我々が抱く感情は、我々が旅において持つ感情と相通ずるものがある。それは何故であらうか。

何處から何處へ、といふことは、人生の根本問題である。我々は何處から來たのであるか、そして何處へ行くのであるか。これがつねに人生の根本的な謎である。さうである限り、人生が旅の如く感じられることは我々の人生感情として變ることがないであらう。いつたい人生において、我々は何處へ行くのであるか。我々はそれを知らない。人生は未知のものへの漂泊である。我々の行き着く處は死であるといはれるであらう。それにしても死が何であるかは、誰も明瞭に答へることのできぬものである。何處へ行くかといふ問は、飜つて、何處から來たかと問はせるであらう。過去に對する配慮は未來に對する配慮から生じるのである。漂泊の旅にはつねにさだかに捉へ難いノスタルヂヤが伴つてゐる。人生は遠い、しかも人生はあわただしい。人生の行路は遠くて、しかも近い。死は刻々に我々の足もとにあるのであるから。しかもかくの如き人生において人間は夢みることをやめないであらう。我々は我々の想像に従つて人生を生きてゐる。人は誰でも多かれ少かれユートピアンである。旅は人生の姿である。旅において我々は日常的なものから離れ、そして純粋に観想的になることによつて、平生は何か自明のもの、既知のものの如く前提されてゐた人生に對して新たな感情を持つのである。旅は我々に人生を味はさせる。あの遠さの感情も、あの近さの感情も、あの運動の感情も、私はそれらが客観的な遠さや近さや運動に關係するものでないことを述べてきた。旅において出會ふのはつねに自己自身である。自然の中を行く旅においても、我々は絶えず自己自身に出會ふのである。旅は人生のほかにあるのでなく、むしろ人生そのものの姿である。

既にいつたやうに、ひとはしばしば解放されることを求めて旅に出る。旅は確かに彼を解放してくれるであらう。けれどもそれによつて彼が眞に自由になることができると考へるなら、間違ひである。解放といふのは或る物からの自由であり、このやうな自由は消極的な自由に過ぎない。旅に出ると、誰でも出來心になり易いものであり、氣紛れになりがちである。人の出來心を利用しようとする者には、その人を旅に連れ出すのが手近かな方法である。旅は人を多かれ少かれ冒險的にする、しかしこの冒險と雖も出來心であり、氣紛れであるであらう。旅における漂泊の感情がそのやうな出來心の根柢にある。しかしながら氣紛れは眞の自由ではない。氣紛れや出來心に從つてのみ行動する者は、旅において眞に經驗することができぬ。旅は我々の好奇心を活潑にする。けれども好奇心は眞の研究心、眞の知識欲とは違つてゐる。好奇心は氣紛れであり、一つの所に停まつて見ようとはしないで、次から次へ絶えず移つてゆく。一つの所に停まり、一つの物の中に深く入つてゆくことなしに、如何にして眞に物を知ることができるであらうか。好奇心の根柢にあるものも定めなき漂泊の感情である。また旅は人間を感傷的にするものである。しかしながらただ感傷に浸つてゐては、何一つ深く認識しないで、何一つ獨自の感情を持たないでしまはねばならぬであらう。眞の自由は物においての自由である。それは單に動くことでなく、動きながら止まることであり、止まりながら動くことである。動即靜、靜即動といふものである。人間到る處に青山あり、といふ。この言葉はやや感傷的な嫌ひはあるが、その意義に徹した者であつて眞に旅を味ふことができるであらう。眞に旅を味ひ得る人は眞に自由な人である。旅することによつて、賢い者はますます賢くなり、愚かな者はますます愚かになる。日常交際してゐる者が如何なる人間であるかは、一緒に旅してみるとよく分るものである。人はその人それぞれの旅をする。旅において眞に自由な人は人生において眞に自由な人である。人生そのものが實に旅なのである。

丹波篠山

中島らも

なかじま・らも
1952年兵庫生まれ。印刷会社勤務、コピーライターをへて、作家に。小説、エッセイ、戯曲、コント、落語など、幅広い分野の作品を多数発表。朝日新聞連載の「明るい悩み相談室」でも注目される。おもな著作に『今夜、すべてのバーで』『ガダラの豚』など。2004年没。

篠山《ささやま》は「箱庭みたいな」町だ。

何年か前に車で一度訪ねたことがある。砂ぼこりの立つ山道をブンブンとばしてようようたどり着いて、まあまずは町をひとめぐりしてみよう、ということになった。

地図を見る。

「ほう、この中央のところまでこう曲がってこう行ってこう行くと城跡に出るぞ」

地図をにらんでそろそろと車を走らせた僕は、すぐに「アッ」と驚くことになる。ものの一、二分で目の前に城跡がヌッとあらわれたのだ。

地図で見る限りでは十分くらいかな、という感じだったのに、縮尺のことをよく考えていなかったのだろう。とにかくミニチュアの町を走っているような錯覚にとらわれた。

悪い意味で言っているのではなくて、実に「かわいい」感じがしたのだ。住むのならこんな町もいいな、と思った。

お茶室なんかの狭さが、どこか別世界じみて気持ちがいいことがあるが、それに似ている。

ただしこんなのは旅行者の無責任な感慨であって、住んでいる人からは「何を言ってやがる」と言われるにちがいない。

桂文珍さんはこの町の出だが、狭い町から必死で逃げきってみせるエネルギーというのも、ひとつの精神的なターボになりうるものなのかもしれない。

丹波《たんば》に着いた夜はおあつらえむきの雪がチラチラする日で、ミニチュアのような町を、肩に白いものをとまらせながら歩いてまわった。

肉屋さんの前に大きなイノシシが二匹、ゴロンと転がされていた。

ついさっきまで山の中を駆け回っていたのかと思うと、お気の毒ではある。

その夜はもちろん舌を灼《や》くようなボタン鍋《なべ》で大酒を飲んだ。量の多さといったら、大皿にゴボウやハクサイを山のように残してしまったくらいで、それでも畳にひっくり返った僕の腹は、イノシシならぬタヌキの様相を呈しているのだった。

腹ごなしに少しまた歩くことにした。たしかメーンストリートに「ネオン通り」とあったのを思い出したからだ。

通りに出た僕はまた「アッ」となった。

九時なのに通りはまっ暗で、ネオンの「ネ」の字もなかったからだ。

旅の苦労

岸田國士

きしだ・くにお
1890年東京生まれ。劇作家、小説家。渡仏し、演劇を学ぶ。1924年、「演劇新潮」に戯曲『古い玩具』『チロルの秋』を発表し注目を浴びる。その後も、戯曲・小説・翻訳・評論など幅広く活躍。1954年没。

旅行は好きか、と、よく人に訊かれる。私はいつも、生返事をする。好きでないこともないが、さう楽しい旅をしたといふ経験もないからである。好きでないこともないといふのは、旅の空想を私は屡々するし、空想の旅は、一種の解放であるから、心おのづから軽《かろ》やかならざるを得ぬ。
では、実際に旅をして、なぜ楽しいと思つたことが少いかと云へば、これにはいろいろ理由がある。その理由はあとでつける場合もあるが、第一に、出掛けるといふことが実に臆劫である。前の晩までは大いに勇みたつてゐても、いざ朝になつて、口をあけた鞄をみると、妙に気持がしらじらとする。

駅で切符を買ふことを考へ、汽車の時間はまだ大丈夫かと、飯を食ひながら時計など見てゐると、もう、うんざりしてしまふ。

さういふ時、私の心を励ましてくれるのは、電話のベルである。――さうだ、この音に脅やかされないところへ行くのだ！

先達も、私は、友達を誘つて、二三日新緑の山へ休養に出掛ける決心をした。ちやんと予定の時刻に、上野でその友達と落ちあふ約束をしておくと、その日の朝になつて、電話がかゝり――子供が急病だ。医者に一度見せて、大丈夫だと云つたら出掛けるが……と云ふことであつた。

私は、子供の病気と聞いてひやりとしたが、また一方、やれやれと気がゆるむのを、無理に奮発して支度を整へ、早速彼の家をのぞきに行つた。取次に出た細君は、昨夜の看護疲れをみせながら、子供はやつと楽になつたらしいが、主人は、今朝早くから散歩に出ましてと、やゝ恐縮のていである。なるほど、徹夜をした朝は外の空気を吸いたくなるもので、その経験は私にもある。

「では、さういふお子さんのそばを長くはなれる場合ではありませんから、今度は、私一人で出かけます。何れまた、同道の機会を作りませう。」

といふわけで、そのまゝ上野へ駆けつけるつもりでゐたところ、予定の汽車に間に合ふかどうかあぶない。これに遅れると、信越線の準急は午後になる。軽井沢の奥まで行くのに日が暮れてはまづいから、赤羽まで時間をはかつて電車で行つた。これなら十分間に合ふことに気がついたのである。

池袋の乗換はいゝが、赤羽でも、赤帽はゐず、長いプラットフオームを重い鞄をさげて歩いた。大分ひまがかゝつた。鞄をおろして新聞を買つた。神風号の消息は？

丁度そこへ、上野から列車がはひつた。遅からず早からず、計算どほりと鼻を高くして悠々二等車へ乗り込んだ。

新聞を三種読み終ると、私は、畏友佐藤正彰君から贈られた翻訳小説ネルヴァールの「夢と人生」を鞄から取り出して、貪るやうに頁を繰つた。なかなか面白い。流石に発狂と発狂の間に書いた物語だけあつて、常人の寝言に似て非なるものである。

時々窓の外に眼をやると、五月の野は、爽やかに緑の風を含んで、旅情、うた、はづむ思ひである。

もうどのへんに来たらうかと、気をつけてみても車が走つてゐるうちはわからない。停つた時は、ネルヴァールの筆に魅せられて息もつかぬ刹那である。しかたがないから、思ひ出し思ひ出し時計をみる。やがて、高崎につく時分だ。

ところが、やつと着いたのは、宇都宮であつた。汽車を間違へて、一つ前の日光行に乗つてしまつたのだとわかつた。

別に慌てることはない。駅員から、宇都宮に用はないかと訊かれ、「ない」と答へるのも無愛想だと思つたが、正直に「ない」と答へた。それではといふので、大宮まで逆戻りの特典を与へられ、五時間あまり鉄道省のパスを利用したことになつた。

そこで、予定を変更して、高崎から薬師温泉に出て、一晩泊り、翌日、馬で山を越えることにした。最初は逆に、北軽井沢から馬で薬師へ出る計画だつたのである。

薬師温泉といふのは、昔あつた鳩の湯といふあのすぐそばで、三四年前に一度行つたことがある。宿の主人、X氏は頗る商売熱心で、私などをつかまへて温泉経営の意見を求めるものだから、私も図に乗つて、若干、秘訣を伝授したところ、それが大いに当つたと、今度行つてお世辞を云はれた。かうなると、あとは提灯持ちみたいになるからやめるが、高崎から十幾里の山奥の、温川《ぬる》の谿谷は奇ならずと雖も閑寂、樹々は五分の芽立ちで、桜は散りそめ、山吹は盛り、つゝじも、早咲きが見頃である。

風呂を浴びて、例になくビールを傾け、食事が終る頃、今とれたと云つて山女魚《やまめ》を籠のまゝ見せに来た。

翌朝、馬の用意ができてゐる。弁当の握り飯を鞍につけ、手拭を裂いてゲートルとし、馬子に鞭代りの細竹を折らせて、蹄の音高く宿を出た。「浅間隠し」と呼ばれる山の峰が目の前に聳えてゐる。峠を越えて僅か二里の道であるが、馬上、煙草をくゆらせば西別利亜もなんのそのと思ふ。

「降《ふ》りやすまいな」

「大丈夫でせう」

「この馬は、前脚はたしかだね」

「大丈夫ですとも」

「君は弁当をもつて来たか」

「大丈夫です」

　みな大丈夫で、私はたゞ、馬子君が背負つてくれてゐる鞄が重くはないか気になる。

　杉の林の黒々と山肌をつゝんだ、その上を、さつと烟のやうなものが流れた。一陣の風がひやりと頬をなで、馬の鬣をふるはせた。山の頂がいつの間にか雲にとざゝれた。白樺の幹が大きくゆれた。空を仰ぐと、大粒の雨がばらばらと顔にあたる。

「おい、君、大丈夫か、これでも……」

「さあ……」

「僕は、着替へがないんだ。濡れると風邪を引くよ」

　谷は見る見るうちに霧の海である。森が叫ぶ。嵐だ。

　ギャロップ。宿ですぐに自動車を呼ばせ、高崎廻りで北軽井沢へ行くときめる。主人も、車の序に高崎まで送つてくれることになる。

「こゝが国定忠治の磔になつたところ……」

と聞いて、その場所に立つてゐる石地蔵を見ると、頭にかんかん初夏の日が当つてゐた。

つくづく下手な旅だと思ふ。下手が苦労を生み、苦労は即ち神経の浪費である。止んぬる哉。

チャンスがなければ降りないかもしれない駅で降りてみる

スズキナオ

すずきなお
1979年東京生まれ。大阪在住のフリーライター。ウェブサイト「デイリーポータルZ」を中心に執筆中。おもな著作に『深夜高速バスに100回ぐらい乗ってわかったこと』『思い出せない思い出たちが僕らを家族にしてくれる』『「それから」の大阪』など。

電車に乗っていると、知らない駅をたくさん通過する。もちろん、私が知らないというだけで、そこには誰かの家があり、誰かの行きつけの店があり、様々な生活がある。そうはわかっていても、何か目的でもない限り降りることはない。考えてみれば、路線図の上に並ぶのは、一生降りないかもしれない駅ばっかりなのだ。

そんな運命のようなものに、抗ってみたい気持ちが湧いてくることがある。一生降りないかもしれなかった駅に、今日、ふと降りてみる。そこにはどんな景色が広がっているだろうか。

この上なくめでたい名前の駅。それが「福」

一生降りないかもしれない駅に降り立ってみようと思い、大阪生まれの友達に「どこかよさそうなところありますかね？」と相談してみた。「読み方がわからない駅とかどうですか。『喜《き》連《れ》瓜破《うりわり》駅』とか、響きが好きで知ってはいるけど実際に降りたことないです。あ、逆に『福』っていうのもインパクトあります。一文字で『福』。ふくって読むんです」と提案してくれた。

〝福〟か……。なんだかおめでたい感じがしていいじゃないか。確かにこんなタイミングでもなきゃ降りることもないかもな。と、友人のアドバイスをありがたく受け入れることにした。

調べてみると、福駅は大阪市西淀川区にある駅で、阪神なんば線という電車が通っている。一大繁華街である大阪難波駅からは電車で15分ほどの距離。それほど遠い場所ではない。もしかして、相談に乗ってくれた友人や私がたまたま知らなかっただけで実はメジャーな駅なのでは？　とも思ったのだが、そのあとに会った友人の誰に聞いても「名前は知っているが降りたことはない」というような返事であった。そんなみんなの分までしっかり見てくるよ！　と心の中で決意し、福駅へ向かった。

阪神なんば線に乗り、しばらく電車に揺られていると「次は〜福〜福〜」という車内アナウンスが聞こえてきた。

椅子から立ち上がり、サッとホームに降りる。自分が知らなかった町に足を踏み出すこの瞬間が楽しい。

町の様子についてはまったく調べずに来たのだが、改札を出るとすぐ何軒かの飲食店が立ち並ぶ一角があった。

しかし、これから仕込みが始まるらしい居酒屋「世界長」をのぞいては、閉まっているお店がほとんど。時刻は正午過ぎだったが、取材時が年の瀬だったということもあるのだろう。とりあえず、どこか昼食をとれる場所を探しつつ散策してみることにする。

「福」という駅名は、駅周辺の福町《ふくまち》という町名からとったもののようだ。西淀川区のサイトによると「地名の由来は不詳」とのこと。何かめでたい由来があるわけではないのか。

でもとにかくここは「福町」なので、歩けば歩くほど「福」という文字がザクザクと手に入る。「福ホール」に「福小学校」に「福郵便局」。「家庭料理 福」に「福工場」。もう一年分の福を見つけたかのような気分だ。

駅の線路を挟んだ反対側へ歩いてみると「GU」や「Seria」も入った巨大なショッピング施設「イズミヤ スーパーセンター」があり、その向かいには「ユニクロ」もある。

他にも大型のドラッグストアなどがあり、駅の東側のこの一角は整備が行き届いている印象。お腹が減ってきたが、どうせなら福駅にしかない何かを見付けたい。そう思って散策を続ける。

「ポークピカタ焼き」というメニューに誘われて

歩いていると工場がたくさんある。大規模な工場ではなく、町工場という感じの小さな規模の工場が多い印象だ。

そんな風景の中を歩いていくと、通り沿いに飲食店が何軒か並んでいるのが見えてきた。よし、ようやくお昼にありつけそうだ。「釜勝」といううどん屋さんを折れるとちょっとした飲食店街があった。その中のひとつ、「廣」というお店の外に出された黒板メニューに目が留まった。日替わり定食の内容が「ポークピカタ焼き」とのこと。

「ピカタ」、あまり聞き慣れない言葉だったが、イタリア料理のひとつで、肉や魚に小麦粉と溶き卵をつけてソテーにしたものだと、あとで検索して知った。

どんなものなんだろうと思い、お昼ご飯はこのお店で食べることにした。日替わり定食と生ビールを注文。卵をまとった柔らかい豚肉にデミグラスソースがかかっており、ご飯がずんずん進む。この味わいをどう表現したらいいだろう……。老舗洋食店の名物料理という感じだ。

おいしい定食をモグモグ食べつつ、お店のご主人にいろいろとお話を聞いた。それによると、高木《たかぎ》さんはもともと大阪の高級ホテルでフレンチのシェフをしていたそうで、独立して自分の店を持ったあと、馴染みの深いこの場所に戻って来てお店をやっているという。当初はこの店でもフランス料理を出そうと考えていたらしいのだが、この辺りは工場が多く、お腹を空かして食べに来る人が多い。

「ここで一杯800円のコンソメスープ出しても誰も食べてくれないでしょう(笑)。それでこういう定食を出すことにしたんです」。今日私が食べたピカタについても、「フレンチでもピカタを出すことがあるので昔から作っていましたよ。でもコースではお皿にちょこっと盛るだけだから、こんなボリュームでは出してなかったです」とのこと。なるほど、この味はフレンチシェフだった高木さんの腕が活かされてこそのものだったんだ、と、なおさらおいしく思えてくる。

お店の住所は〝西淀川区姫島〟で、今私がいる場所は福駅と姫島という駅の中間辺りだそう。この辺りのことについて聞くと、「都会の中の田舎みたいな場所」だという。すぐ近くを流れる淀川の川幅は現在800メートルほどあるらしいのだが、「今のように整備される前、昔はもっと川幅が狭くて、それでよく増水していたんです。それでこの辺りは大阪の中でも開発が遅れたようです」とのこと。それでも、パナソニックの前身の松下電器の大きな工場があった時代（工場が建設されたのは

1950年代）は、そこに勤める多くの人々で賑わっていたらしく、姫島駅前には5軒もの映画館が建っていたんだとか。その映画館も工場が撤退して以降、なくなってしまった。

「福も姫島も今は〝住むための町〟ですね。梅田にも難波にも近いし神戸にもすぐ行けるでしょう。交通の便がいいので買い物をする時はそういう大きな町に出れば済む。昔はこの辺ももっと賑やかだったんですが、小さな商店が潰れて、だんだん梅田だとか一か所に集中していったんです。今は日本のどこの町でもそうかもしれないですねぇ。うちのような店もコンビニのイートインに押されてます」

廣は、昼は店主の作る和洋定食を出すお店として、夜は奥さんの作る家庭的なおつまみが味わえるカラオケ居酒屋として営業しているらしい。常連さんが入れたボトルが棚にずらっと並び、この店の愛されぶりを表していた。

店主の高木さんにおすすめスポットを聞いてみたところ、淀川の河川敷から見る梅田方面の夜景がすごく綺麗だという。夏はちょっとしたデートスポットになるそうだ。お店を出て川沿いへ向かってみることにした。

「川のほうは、えーと」、とスマホで地図を調べていると高木さんが追いかけてきて道を教えてくれた。なんといい人であろうか。高木さん、ありがとうございました。

南東へ向かうと淀川が近付いてくる。河川敷へと降りる階段を見付けて下っていくと、広大な敷地が東西へ続いているのが目に入り、「おおっ」と思わず声が漏れた。いきなり空が広がった感じだ。

それにしても淀川の川幅の広いこと。今は真冬なので川からの風が冷たくて震えるが、暖かい季節にここでぼんやり夜景を眺めて過ごすのはいいかもしれない。穴場という感じである。

高木さんは言っていた。「夏に期間限定で河川敷に屋台村みたいなものを作ったらいいんじゃないかと思うんですよ。対岸の夜景を見ながらお酒を飲むなんていいでしょう？　大阪市にぜひやってほしいと思ってるんですけどねぇ」と。いつかそれが実現したらすごく楽しそうだと想像しながら川をあとにする。

姫島駅へ向かい再び福へ。途中、煙突に騙される

次に、こちらも「福」と同じく味わい深い町である「姫島」を散策してみた。「姫島地車《だんじり》」というシールを方々で見かける。近くの姫嶋神社の夏祭りにはだんじりが出るんだそうだ。

この辺りもまた、閑静な町並みではありながら、生活感が色濃く漂ってきて散歩していて楽しいエリアだ。そろそろ福へ引き返そうかと住宅街をウネウネ歩いていて目印になるのが大きな煙突である。

ゴミの焼却等を行う工場だそうで、あとから聞いた話では、この辺りの小学校の生徒たちはみんなこの工場を見学しに来るんだとか。

福駅の割と近くに建っている工場なので、この煙突を目指して歩くだけで駅のほうへ行けるのだ。方向感覚がめちゃくちゃな私にとっては非常に助かる。

しかし、時折煙突を見上げながら歩いていたら、ふと自分が目指しているのがさっきとは別の煙突であることに気付いた。

確かめてみると、工場の敷地内に建つ煙突であった。福駅周辺を煙突だよりで歩かれる際は、こういうこともあるので注意してほしい。再び気を取り直して正しい煙突を目指し、「大阪市・八尾《やお》市・松原市環境施設組合 西淀工場」にやって来た。

再度、福駅に戻って周囲を見渡してみると、先ほど高木さんが聞かせてくれた話が改めてよくわかる。ユニクロの脇には大きなマンションが建っているし、その近くには別の入居者募集中のマンションがある。〃住む町〃へと変貌を遂げつつある福駅。今後もどんどん大きなマンションが建っていくんじゃないだろうか。

日も暮れてきたので、駅の反対側の飲食店街を改めてのぞいてみる。その中に「立ち呑み処 29 ＦＵＫＵ」という店がある。今日の締めにぴったりだと思ったが、まだオープン前のようだ。

お店の方が仕込みをしていたので「何時から営業してますか？」とガラッとドアを開けて聞いてみると、「まだなんやけど、いいですよ。どうぞー！」と迎え入れてくれた。

聞いてみると、お店のママも、福駅は〃住む場所〃だと言う。「なんか食べに行こう思ったら塚口か尼崎やね。この辺はそんなにお店もないから」と。それでも、「イズミヤ スーパーセンター」が２０１６年オープンし、大規模な総合病院である「千船病院」が２０１７年になってこの地に移転してきて、少しずつ賑やかになってきてはいるという。

訪れた日の3年前にオープンしたという「立ち呑み処 29 FUKU」。キレイなお店なんだけど、昔ながらのお店のようなアットホームな雰囲気もあり、飲み物もおつまみもどれも安い。チューハイ300円、おでん3品200円といったところから察していただけるであろう安心価格だ。

私が入店して間もなく、常連さんが次々にやってきて店内は一気に満員状態に。「有馬記念どうやった⁉」とか「年内いつまで？ え〜明日！ 寂しくなるやん」とか「ママ、関東炊きちょうだい」「関東炊きなんて今もう誰も言わへんよ！ おでんやで！ なー」とか、店内を満たすそんな会話に耳を傾けながら飲んでいるうちに、私が知らなかったこの町は、こうしていつもここにあったということがしみじみ実感できた。私がいなかっただけだったのだ。

知らない町を歩くのは楽しい。最初は緊張しながら歩いて、どこかでふらっと食事をしてみると少しそのふところに飛び込めたような気持ちになり、そのままさらに歩き回っているうちにふいに町に馴染むような瞬間がある。そして日が暮れた頃、どこかで一杯ひっかけて帰る。それだけで、昨日までまったく知らなかった町がかけがえのない場所に思えてきたりするから不思議だ。

旅人の目

穂村弘

ほむら・ひろし
1962年北海道生まれ。歌人。1990年、第一歌集『シンジケート』でデビューし、各界に衝撃を与える。短歌の域にとどまらず、評論、エッセイ、絵本翻訳など活躍は多岐にわたる。おもな著作に『短歌の友人』、『整形前夜』、『絶叫委員会』など。

旅先の町を歩きながら、「ここで毎日暮らしているひともいるんだなあ」と思って不思議な気持ちになる。不思議に思うことはない、とあたまではわかっている。どんなところにだって、そこで暮らしているひとはいる。当たり前と云えば当たり前なのだ。それなのに「ここで毎日暮らしているひとも」としみじみしてしまうのは何故か。自分自身にもあり得たかもしれないもうひとつの人生への憧れのようなものだろうか。

それから、私は辺りを見回しながら、「この景色が、きっと、ここの住民には違った風にみえてるんだろうな」と思う。網膜に映っているものが同じでも、初めてそれをみるのとよく知っているのとでは違ってみえると思うのだ。でも、住民の目をもたない旅人の私には、彼らの感じ方を想像することができない。

より日常的な体験のなかでも似たようなことは起こる。例えば、知らない道を歩いているとき、或るところで「あ、ここに出るのか」と気づくことがある。いつの間にか、知っている場所に出たのだ。「へえ、ここがここにねえ」と妙に感心する。

このとき、すぐには気づかないことがあるのが面白い。数秒経《た》ってから「あ、ああ、ここってここだったのか」と認識する。すると、奇妙なことが起こる。今まで知らないところだと思ってみていた景色が、実は知っているとわかったとたんに、みるみる雰囲気というか、その場の感触を変えるのだ。旅人の目から住民の目に戻ったことで、風景の意味に変化が生じたのだろう。

その瞬間、懐かしいとか嬉しいと感じることもある。だが、散歩などの場合には、それまでの新鮮などきどき感が消えたことを残念に思う。「なーんだ、ここか」と。

日常のなかの小さな旅が終わってしまったことへの失望だ。わざわざ気づく前の道に引き返すこともある。でも、いったんわかってしまった感覚を、再び未知のどきどきモードに戻すのは難しい。

眼差しの変化によって同じ場所が違ってみえる現象は、おそらくは過去の記憶などと関係しているのだろう。どんな対象も純粋に客観的なものではあり得なくて、全ては「私」との関わりのなかで捉えられているということか。

これに似たことは対人関係のなかでも経験することがある。向こうから歩いて来る女性を「ちょっといいな」と思う。次の瞬間に、それが自分の恋人であることに気づいてびっくりするようなケース。そんなとき、驚きと喜びと後ろめたさが混ざったような複雑な気分になる。「知らないひとの目でみると、可愛いんだな」と思ってみなおしたり、自分がそれに慣れてしまっていたことに気づいて反省したり。

これは外見だけのことではない。つきあいが長くなると、相手の性格や振る舞いにおける長所や美質にも慣れて、それを当然のものと思ってしまう。だが、不思議なことに短所や欠点には慣れることができない。むしろ、ダメージが少しずつ蓄積されてゆく。この原理によって、時間の経過とともに多くの恋は内側から壊れてゆくことになる。

相手から受ける細かいダメージの蓄積が飽和点に近づくと、他の異性に目が向くようになる。よく知らないひとの美質は、とても新鮮でいいものに思えるのだ。殊《こと》に今の相手の欠点と新しいひとの美質が重なっていると、対比効果によって一層ギャップが大きく感じられる。

北国の冬にうんざりしている住民は、たまたま訪れた南国の暖かさに強く惹かれるだろう。雪掻きがない！　その代わり南では台風の被害が酷いとか大きなゴキブリが出るとか、そんなことは考えない。これは一種の錯覚というか罠《わな》だ。

或る程度恋愛の経験を積むと、その構図自体に自ら気づくことができるようになる。ちょっと待て自分。未知のひとだからこんなに輝いてみえるのだ。自分の恋人だって最初はそうだった。今でもその輝きは決して消えたわけではない。ただ、こちらの目が慣れてしまっただけ。だが、そう云い聞かせても、もう一度旅人の目で自分の町をみなおすことは難しい。

旅先作家

浅田次郎

あさだ・じろう
1951年東京生まれ。小説家。95年『地下鉄(メトロ)に乗って』で吉川英治文学新人賞、97年『鉄道員(ぽっぽや)』で直木賞など、受賞多数。おもな著作に『壬生義士伝』『お腹召しませ』『中原の虹』『終わらざる夏』『帰郷』『蒼穹の昴』『おもかげ』『流人道中記』『母の待つ里』など。

子供のころから憧れていた小説家のスタイルがある。
気の向くまま旅に出て、山あいの鄙《ひな》びた温泉宿に泊まり、湯につかりながらあれこれと物語を練り、原稿を書く。一仕事をおえればまたふらりと旅立って、まったく無意志無計画に次の宿を探す。いわゆる旅先作家の暮らしである。紙と筆だけあれば生きて行ける小説家という職業の、それは究極の姿だと思っていた。

トルーマン・カポーティや三島由紀夫の才気には羨望《せんぼう》を禁じえなかったし、谷崎潤一郎の文学的洗練はしんそこ尊敬していたし、ジョルジュ・バタイユのデモーニッシュな空気には魅了された。ほかにも多くの作家から影響を受けたが、かくありたしと憧れる小説家のイメージは、今も昔も変わらず川端康成である。理由はただひとつ、川端は私が理想とする旅先作家の典型であった。

一人前の作家になって、自由気ままな執筆スタイルが許されたなら、必ず旅先作家になろうと心に決めていた。だがしかし、現実はさほど甘くはなかった。作家をめぐる環境は、著しく変容していたのである。

とにもかくにも、私は旅先作家になった。原稿の多くを旅先で書くという字面通りにいうなら、たしかに悲願達成である。しかし実情は全然ちがう。

一年の三分の一ぐらいは旅をしているのだが、「気の向くまま旅に出て、山あいの鄙びた温泉宿に泊ま」ったためしはない。旅に出るというより連れ出され、版元が用意したホテルに泊まる。そこで机に向かい、旅情とはおよそ関係のない、すなわち当面締切の迫った原稿を書く。むろんすべての旅の目的は執筆ではなく、講演、サイン会、雑誌取材、グラビア撮影、CM出演、その他意味不明の招待旅行等々、要するに執筆のために旅をしているのではなく、それ以外の目的で旅をしなければならないから、やむなく旅先で執筆をしているのである。

この数年間の平均をとれば、海外が一年に六回から七回で延べ日数が六十日間、国内が約三十回で、やはり六十日間程度である。かくて私は一年の三分の一を、羈《き》旅《りょ》の空に過ごしていることになる。

旅とはそもそも非日常の体験である。だからこそ楽しく、創造力の刺激ともなり、思いがけぬ風物に接して心も豊かになる。しかしその旅もかくのごとく度を越せば、日常の空間移動にほかならず、旅先作家というよりむしろ、商社員か芸能人の生活に似てくる。いや、同然というべきであろう。

さて、このように過酷な旅をしていると、機内で過ごす時間がきわめて貴重になる。旅行に先立つ前倒しの原稿はだいたい間に合わないことになっているので、「続きはニューヨークに到着次第、ただちにファックスするから待機していろ」というような恐怖の電話を編集者に入れて成田へと向かう。

この際、出発前のラウンジで書き上げてしまえば後顧の憂いはなくなるのだが、くつろぐべきこの時間にやらねばならぬことはあんがい多い。

免税品を買いに走る。十時間分のタバコを喫う。マイレージの登録をする。マッサージ機を見れば、揉《も》まねば損という気にもなる。かくて出発前の二時間が仕事に費やされたためしはない。

そこで締切まぎわの原稿は、なんとなくPK戦のごとき緊張感を伴って機内に持ちこまれる。

ニューヨークまでの十三時間は、物理的にいうのなら短篇小説を一本書き上げるには十分な時間である。家人や親しい編集者の説によれば、私は健康状態や精神状態のいかんにかかわらず、「ほっとけば小説を書いている」便利な作家であり、本人もそのことはよく自覚しているので、この十三時間にわたるフライトはいかにも「楽勝」という感じがする。

しかし、機内にはたくさんの魔物が棲《す》んでいる。

離陸と同時に出現する第一の魔物は睡魔である。これはたぶんどなたも同じと思うが、機体が上昇するに従って、強烈な睡気《ねむけ》に襲われる。毎度同様の体験をするのだから、おそらく気圧の変化によって血圧がなんらかの影響を受けるのであろう。

もっともこの睡魔は、離陸後ほどなく供される食事によって退散するので、さほどの脅威ではない。

第二の魔物は食後のリラックスタイムである。かつてはこのタイミングで、たちまち仕事にとりかかることができた。しかし最近は機内に、「デジタル高画質・高音質の多彩な映画プログラムを、お好きなところからお楽しみいただけます」などという魔物が搭載されているのである。しかも十二チャンネルに及ぶソフトプログラムは実に巧妙で、日ごろ観《み》たいと切望しつつ仕事にかまけて観ることのできずにいる同時封切最新作があるかと思えば、若いころに観たきりその感動を未《いま》だ胸に収めているような、古い名画まで入っているのである。かくて連続二本立て、四時間の貴重な執筆時間は失われる。

やがて機内は闇《やみ》に返り、乗客は寝静まり、ようやく仕事の時間が訪れる。

多くの作家がパソコンで原稿を書く今日、私は古色蒼然《そうぜん》たる四百字詰原稿用紙に万年筆で執筆をしている。一見不自由そうに見えるけれども、原稿箋《せん》はあらかじめ機内執筆用にバインダーで綴《と》じてあるので、さほどの不便はない。気圧の変化によって万年筆のインクが出なくなることがあるから、油性ボールペンと鉛筆も用意している。

それでも第三の魔物は襲ってくる。太平洋上における乱気流である。パソコン執筆が手書きよりすぐれている唯一の点は、乱気流にもめげぬことであろうと私は信じている。

事実ファーストクラスの機内には、いかな揺れにも平然としてパソコンに向き合うパワービジネスマンが必ずいる。

と、このような仕事を続けていても、いまだに連載原稿を落としたためしがないというのは、私のひそかな誇りである。旅先作家に憧れて、とにもかくにもこうなった私の現実を、かの川端先生は空のきわみからどのようなお顔で見守っているであろうか。

機内放送が着陸準備を告げる。原稿を書き上げたというより、魔を調伏《ちょうぶく》したような気分だ。日々進歩する機内設備の恩恵に浴していないのは、私だけではなかろうかという気もする。

ニューヨークは快晴である。

長生きしたけりゃ旅に出ろ！

高野秀行

たかの・ひでゆき
1966年東京生まれ。ノンフィクション作家、翻訳家。1989年、『幻の怪獣・ムベンベを追え』（「早稲田大学探検部」名義）でデビュー。おもな著作に『ワセダ三畳青春記』『謎の独立国家ソマリランド』『語学の天才まで1億光年』『イラク水滸伝』など。

「旅の魅力とは何か？」と長年にわたり、いろいろ人に訊かれてきた。

その都度、「視野が広くなる」とか、「多様な価値観が学べる」などといった、ありきたりな答えを返してきたが、正直言って、「旅」の魅力や効用などについて深く考えたことなど全くなかった。

ところが最近、ハタと気づいた。旅の効用、それは……長生きできることだ！

私は今年で五十一歳になる。昔と比べて時間が過ぎるスピードの速いことと言ったらない。ぼんやりしていようが地道にコツコツ仕事をしていようが、一週間などあっという間だ。多くの人が私と同じような感覚をもっておられると思う。

なぜだろうか。時間の速度は一定でも「体感速度」が年齢によって変わってくるからだと私は考える。例えば、五歳の子供にとって一年とは人生の五分の一であるが、五十歳の大人にとっては人生の五十分の一にすぎない。単純化すれば、五十歳の一年は五歳の一年に比べて、十倍速で進んでいる。速度でなく時間に換算すれば、五歳の頃の一・二か月分しか生きている実感がない。

そして人間個人にとって「絶対的」なものには意味がない。雪山で気温が〇度であっても強風が吹けば体感温度はマイナス一〇度にもマイナス一五度にもなる。「いや、絶対気温は〇度だから」などと言っても慰めにもならない。実際に寒いわけだし、〇度の対応しかしていなければ死んでしまう。

時間も同じだと思うのだ。絶対的な時間が一年であっても「体感時間」が一・二か月では実際に一・二か月しか生きていないのと同じではないか。大変なことである。十年長生きしても、体感時間は一年なのだから。

その点、旅はすごい。全く初めての土地へ行ったとき、一日の長さと言ったらない。この一年間、私は初めての土地としてアフリカのナイジェリア、セネガル、パキスタン北部のフンザ、そして初めてではないがめったに行かないのでよく知らない国である韓国に行った。どこも最初の一日がとてつもなく長かった。トラブルの有無にかかわらず長い。

「あれ、ここに着いたのは今朝だっけ？　もうずっと前のような気がするんだけど」と思う。

人の顔や建物や読めない文字、音楽や町のざわめき、体臭や香水やスパイスの匂い、異国の言語。五感から情報が洪水のように身中に流れ込んでくる。そして自分もその中に身を投じるしかない。

このとき自分が五歳になっているのを感じてしまう。相手の言うことがわからなかったり、こちらの意思が通じないことも茶飯事。例えば、ソウルでは韓国の納豆汁であるチョングッチャンを食べようと思い、その専門店に行った。外国人がめったに来ない場所をようやく探し当てたはいいが、店の大柄なお兄さんに「とにかくダメだ」と首を振られ、外へ押し出されてしまった。言葉が通じないので、理由は不明。他の韓国人客はふつうにどんどん入店しているのに。呆然である。やっぱり今の反日ブームで、日本人は入店お断りなのか？

とショックを受けていたのだが、あとでチョングッチャンは「二人前からしか注文できない」ということが判明した。翌日、韓国人の知り合いと一緒に再度訪れたら、にこやかに中へ案内され、しかもそこのチョングッチャンは素晴らしくおいしく、秋田県の納豆汁に似ていた。

韓国は「反日でない」どころではない。ホテルでも食堂でも、どこへ行っても日本語を話す人がいる。話せなくても片言でいいから「こんにちは」「ありがとうございます」と人なつっこい笑みを浮かべて話そうとする。ある食堂で昼飯を食べたとき、レジの横にあるテレビでは慰安婦像が映り、激しく抗議している人たちの映像が流れていた。少々緊張しながらそこで支払をすると、店のおやじさんは「八千ウォン。韓国語はパルチョンウォン」などと日本語で韓国語の数の数え方を教えてくれた。ひじょうに興味深いのだが、韓国の人たちは「過去の歴史」と「領土問題」にはすごく神経を尖らせているものの、それを目の前の日本人と結びつけようという発想はないらしい。都会だけでなく、過疎地へ行っても、人々の日本人への親近感や親切心は変わらなかった。

韓国は台湾並みの親日国家——という驚きの情報が三日程度の間に猛烈に私の全身を浸していった。その三日は日本での三日とは桁違いに長い。一か月にも相当するように感じられたものだ。

以上は韓国での例だが、他の土地でも同じだ。私の経験では、旅の体感時間はどこの国でも最初の三日がひじょうに長く、一週間まではかなり長く感じるが、それを超えると急速に短くなっていく。一か月も経つともはや日常であり、日本にいるときとさほど変わらないペースになる。

つまり、三泊四日あるいは一週間程度の旅を頻繁に行うのが体感時間を延ばすのに最も効果がある。

みなさん、真剣に長生きを考えるなら、毎日ルーティンを繰り返して体操やウォーキングなんてしてる場合じゃないですよ。知らない土地を旅して存分に延命しましょう!!

収録作品一覧

「行動数値の定量」角田光代／『恋するように旅をして』（講談社文庫）
「僕の好きな鞄」村上春樹／『サラダ好きのライオン　村上ラヂオ3』（マガジンハウス）
「アジアは汽車がいい」池澤夏樹／『明るい旅情』（新潮文庫）
「旅先で開く本」木内昇／『みちくさ道中』（集英社文庫）
「旅情・旅情・旅情」井上靖／『日本紀行』（岩波書店　同時代ライブラリー）
「街の会話」阿川佐和子／『いつもひとりで』（大和書房）
「夜の新幹線はさびしい」江國香織／『旅ドロップ』（小学館）
「タイム・マシンで見た清洲城」遠藤周作／『「日本紀行　埋もれた古城」と「切支丹の里」』（光文社　知恵の森文庫）
「旅行の「ヤー！」」西加奈子／『まにまに』（角川文庫）
「渓をおもふ」若山牧水／『若山牧水全集　第六巻』（雄鶏社）
「旅の始まりは空港野宿から」杉森千紘／『そうだ、台湾いこう』（セブン&アイ出版）
「ONE」黛まどか／『星の旅人　スペイン「奥の細道」』（角川文庫）
「わからない旅」田中小実昌／『世界酔いどれ紀行ふらふら』（光文社　知恵の森文庫）
「おっちゃん」小川糸／『こんな夜は』（幻冬舎文庫）
「空飛ぶブロイラー便」椎名誠／『ぼくの旅のあと先』（角川文庫）

「一人旅のススメ」高橋久美子／『旅を栖とす』（角川書店）
「西の要、高尾山」久住昌之／『東京都三多摩原人』（朝日新聞出版）
「旅上」萩原朔太郎／『萩原朔太郎全集　第1巻　詩集』（新潮社）
「夏」中原中也／『詩人時代』1935年8月号
「夜の旅」若菜晃子／『旅の断片』（アノニマ・スタジオ）
「蝗の大旅行」佐藤春夫／『日本児童文学大系　第二巻　秋田雨雀　武者小路実篤　芥川龍之介　佐藤春夫　吉田絃二郎集』（ほるぷ出版）
「世界の中心」星野博美／『迷子の自由』（朝日新聞出版）
「行って楽しむ行楽弁当」東海林さだお／『ショージ君、85歳。老いてなお、ケシカランことばかり』（大和書房）
「愉快なる地図　大陸への一人旅（抄）」林芙美子／『愉快なる地図　台湾・樺太・パリへ』（中公文庫）
「青春18きっぷでだらだら旅をするのが好きだ」pha／『どこでもいいからどこかへ行きたい』（幻冬舎文庫）
「上越高田の居酒屋」太田和彦／『飲むぞ今夜も、旅の空』（小学館文庫）
「草木と海と」柳田國男／『雪国の春』（角川学芸出版）
「一人旅」いとうあさこ／『あぁ、だから一人はいやなんだ。』（幻冬舎）
「旅（抄）」池波正太郎／『チキンライスと旅の空／池波正太郎エッセイ・シリーズ4』（朝日文庫）
「道草」吉田健一／『汽車旅の酒』（中公文庫）

「一人の詩人に話しかけて」長田弘／『読むことは旅をすること　私の20世紀読書紀行』（平凡社）
「「好き」が旅の道先案内人」堀川波／『女おとな旅ノート』（幻冬舎）
「バスの注意」外山滋比古／『頭の旅』（毎日新聞社）
「チェーン・トラベラー」村松友視／『旅を道づれ　チェーン・トラベラー』（筑摩書房）
「旅について」三木清／『三木清全集　第一巻』（岩波書店）
「丹波篠山」中島らも／『僕に踏まれた町と僕が踏まれた町』（集英社文庫）
「旅の苦労」岸田國士／『岸田國士全集23』（岩波書店）
「チャンスがなければ降りないかもしれない駅で降りてみる」スズキナオ／『深夜高速バスに100回ぐらい乗ってわかったこと』（スタンド・ブックス）
「旅人の目」穂村弘／『蚊がいる』（KADOKAWA／メディアファクトリー）
「旅先作家」浅田次郎／『つばさよつばさ』（小学館）
「長生きしたけりゃ旅に出ろ！」高野秀行／『ベスト・エッセイ2018』（光村図書出版）

本作品は当文庫のためのオリジナルのアンソロジーです。

著者

阿川佐和子、浅田次郎、池澤夏樹、池波正太郎、いとうあさこ、井上靖、江國香織、遠藤周作、太田和彦、小川糸、長田弘、角田光代、木内昇、岸田國士、久住昌之、佐藤春夫、椎名誠、東海林さだお、杉森千紘、スズキナオ、高野秀行、高橋久美子、田中小実昌、外山滋比古、中島らも、中原中也、西加奈子、萩原朔太郎、林芙美子、pha、星野博美、穂村弘、堀川波、黛まどか、三木清、村上春樹、村松友視、柳田國男、吉田健一、若菜晃子、若山牧水

だいわ文庫

おでかけアンソロジー ひとり旅《たび》

いつもの私《わたし》を、少《すこ》し離《はな》れて

著者 阿川佐和子《あがわさわこ》 他《ほか》

二〇二五年三月一五日第一刷発行
二〇二五年八月五日第四刷発行

発行者 大和 哲
発行所 大和《だいわ》書房
東京都文京区関口一―三三―四 〒一一二―〇〇一四

フォーマットデザイン 鈴木成一デザイン室
本文デザイン 藤田知子
本文印刷 信毎書籍印刷
カバー印刷 山一印刷
製本 ナショナル製本

ISBN978-4-479-32121-7
乱丁本・落丁本はお取り替えいたします。
https://www.daiwashobo.co.jp